René Barjavel

# La peau
# de César

Mercure de France

René Barjavel est né à Nyons, en Provence, en 1911. Il a écrit une vingtaine de romans dont les plus connus sont *Ravage*, *La nuit des temps*, *Les chemins de Katmandou*, *La faim du tigre* et *Les dames à la licorne*. Il a aussi été dialoguiste d'une vingtaine de films, dont les fameux *Don Camillo*.

René Barjavel est mort en 1985.

*à Raymond Hermantier,*
*en souvenir...*

## PREMIER SOIR

— *Alors meurs, César !...*

L'homme colla sur le papier la dernière lettre de son message. C'était R, qui terminait le mot CESAR.

Puis il plia la feuille et l'introduisit dans une enveloppe qui portait déjà une adresse, également constituée de syllabes et de lettres collées. Il eût été plus facile d'utiliser les lettres-décalques dont on trouve des variétés dans les papeteries, mais le papetier ou la papetière aurait pu se souvenir de lui, pendant l'enquête, tandis qu'acheter *France-Soir* est un acte presque invisible, et en tout cas innocent. C'était dans ce quotidien qu'il avait découpé ce dont il avait besoin, et un titre intérieur lui avait magnifiquement fourni les premiers mots de son message : FRANCE-SOIR moins FRAN donne : CE-SOIR.

Il ferma l'enveloppe et la glissa dans la poche intérieure de son léger veston d'été. Une autre enveloppe s'y trouvait déjà, portant une autre adresse composée de la même façon. Il rassembla les restes du journal, jusqu'aux moindres débris, les plia et les enfouit dans un sac en papier qui avait contenu des pêches. Il y ajouta le tube de colle, et poussa le tout dans la poche de son pantalon, en forçant. La poche de droite, car en sortant il passerait devant le portier de nuit de l'hôtel, à sa gauche. Le jour était près de se lever. Ce travail de mosaïque avait demandé du temps, surtout par la recherche de ses éléments. Le portier ne s'étonnerait pas, il avait l'habitude : les gens de théâtre sont des nocturnes.

Il marcha jusqu'à la poste sans avoir l'air de se presser. La nuit était tiède, les rues de Nîmes presque désertes. Un grand chien jaune qui cherchait, sans en avoir vraiment besoin, quelque nourriture peut-être savoureuse, l'aperçut de loin, vint jusqu'à lui en remuant la queue, renifla sa cheville gauche, lui dit « ouah ! » amicalement et poursuivit son chemin.

Arrivé à la poste, l'homme remit les gants de plastique qu'il avait utilisés pendant son travail. Il tira les enveloppes de sa poche et les introduisit aux trois quarts dans la fente de la boîte aux lettres. Il les retint pendant quelques secondes, pour ôter à son geste tout caractère automatique, machinal. Ce devait être un commencement bien voulu, net, précis. Il prit une grande inspiration et les poussa. Il les entendit tomber un mètre plus bas. Il savait qu'elles seraient distribuées le matin même. C'était fait, le mécanisme était enclenché, la fusée allumée, le destin appelé...

Sur le chemin du retour, il jeta ses gants et le sac en papier dans une poubelle. Le ciel pâlissait, le passage des voitures se faisait un peu plus fréquent. L'homme se chantonnait intérieurement les deux vers fameux par lesquels un poète a célébré l'exploit imaginaire d'un gentil-homme portant la Reine dans ses bras à travers la ville :

*GALL, AMANT DE LA REINE, ALLA, TOUR MAGNANIME,*
*GALAMMENT DE L'ARÈNE À LA TOUR MAGNE, À NÎMES.*

Toutes les syllabes riment. C'est un exploit poétique, sinon un exploit athlétique : une Reine qu'on prend dans ses bras est légère.

Les lettres qu'il avait mises à la poste étaient légères...

De retour dans sa chambre, il tira les rideaux opaques devant les fenêtres, but un peu de café froid qui restait au fond d'une tasse, se coucha et s'endormit.

Les deux lettres allaient ouvrir le bal du sang.

— Votre gros papa est revenu! dit le Commissaire principal Gobelin. Et cette fois-ci, il vous envoie la clé de son appartement...

Assis derrière son bureau, il souriait en mordant le tuyau de sa pipe. Il avait visiblement envie de rire : sa pipe l'en empêchait. Pourquoi faut-il que les policiers des romans français fument toujours la pipe et que ceux des romans américains boivent du whisky comme des trous ? Cette nuit il avait rêvé que Haroun Tazieff, au cours d'une action confuse dans un appartement étroit, avec des valises, des baluchons et de la charcuterie, fumait deux pipes à la fois, deux vieilles pipes au tuyau courbe, toutes petites, et dont les fourneaux se démanchaient tant elles étaient usées. Pourquoi diable avait-il rêvé de Tazieff? Sans doute à cause des cratères des volcans, qui sont les énormes pipes de la Terre. Gobelin savait qu'il fumait trop, son médecin lui avait dit « Attention! Attention! » Le rêve lui avait dit la même chose.

Gobelin n'est pas un héros de roman, mais un fonctionnaire ordinaire de la police, tel qu'il y en a beaucoup, qui font leur métier, et dont on ne parle jamais. S'il fume la pipe, ça le regarde... Il touche à la fin de sa carrière après beaucoup de travail et pas mal d'ennuis, quelques exploits et les réussites et les échecs qui sont le pain quotidien des policiers. Quand il pense à la retraite, qui est là derrière la porte, il s'en trouve parfois tout heureux, parfois inquiet. Beaucoup de Nîmois le connaissent, il vit et fonctionne à Nîmes depuis six ans, et il trouve que ça suffit. Il est breton, et les étés nîmois, merci, il en a son compte. Il prendra sa retraite à Saint-Quai-Portrieux, où il est né. Il mesurait 1 m 67 au moment de son service militaire. Il était mince et rude. Il a épaissi et ne mesure plus que 1 m 65. Ses cheveux blonds sont devenus blancs un peu jaunes. Coupés court. Ses petits yeux bleus sont restés vifs, dans un visage tanné comme celui d'un pêcheur. Il dit qu'il a attrapé ce teint de boucanier rien qu'en pensant à son père, ses grands-pères et tous ses ancêtres qui ont depuis des siècles traqué la morue et le hareng. Lui, il aime la mer seulement pour la regarder.

Au moment où nous faisons sa connaissance, il est assis derrière son bureau bien net bien propre comme tous les matins — en fin de journée il a une autre allure ! — et tend au commissaire Mary debout près de lui trois lettres ouvertes et une clef.

La lettre du dessous est celle dont nous connaissons déjà le dernier mot, et les deux premiers. Elle est de travers et dépasse. Mary met la clef dans sa poche, dégage la lettre à l'aspect insolite et l'examine rapidement. Elle dit :

**CE-SOIR**

les conjurès

tueront

vraiment

César

Il hausse les épaules et passe aux autres missives. Il a reconnu tout de suite l'écriture de la première. Ce n'est pas une lettre, mais l'intérieur d'une moitié d'enveloppe, couverte d'une suite de mots minuscules, écrasés, les *o* et les *e* bouchés.

Le Commissaire principal ricane :

— Il vous aime bien papa ! Il est pas près de vous lâcher !

Mary secoue la tête.

— Pauvre type...

Il n'a pas envie de rire. C'est un homme du Midi, taille et stature moyennes, allure ordinaire. Il passe inaperçu tant qu'on n'a pas rencontré son regard. Ses yeux d'un marron un peu vert rayonnent d'intelligence et de compassion. Il éprouve plus de pitié pour les victimes que d'animosité envers les coupables. Il pourchasse ceux-ci à cause de celles-là.

Ses cheveux sont devenus gris quand il avait à peine trente ans. Il les maintient courts, divisés en deux par une raie à gauche. Ils ont tendance à boucler. Costume estival de coton beige, uni. Chemise blanche. Cravate marron. Correct. Il aime les fleurs, les enfants, les chiens, la musique, tout ce que le monde et la vie lui offrent de beau. Il est consterné par le comportement imbécile des hommes les uns envers les autres. Tout serait si facile si...

Si quoi ?...

Il marmonne :

— Ce crétin de Vilet l'a encore renvoyé...

Il lit le message de la demi-enveloppe.

« *Mon petit Julien, je te donne ma clef pour que tu entre quand tu veut mais surtout la nuit c'est la* nuit qu'ils vienne ils rentre par le tuyau d'eau chaude et ils rentre dans mon lit et ils m'écrase les pieds avec des tenailles et ils me gonfle ils me gonfle ils m'ont greffer un ordinateur dans l'estomac et ça me brûle et je t'entend tu me parle, tu te plaint qu'on te donne pas assez à manger à la pension hier je suis aller t'attendre à la sortie mais tu n'ait pas sortie j'ai vu tes copins, mais pas toi je t'ai attendu jusqu'à 7 heure je veux savoir si c'est toi qui me parle dans mon estomac ou si c'est eux j'ai fermer les robinets d'eau chaude mais ils rentre par le chauffage central. »*

Julien, c'est le prénom du commissaire Mary. C'est aussi celui du fils de l'expéditeur de la lettre, unique fils, mort à douze ans à l'hôpital pendant une opération de l'appendicite. Le père, veuf, et déjà un peu dérangé par les grandes quantités de bière qu'il a pris l'habitude de boire dans sa Belgique natale, a espéré trouver l'oubli en associant le pastis à sa boisson favorite, et a définitivement sombré. Dans ses crises, il voyait son fils étendu sur le billard, entouré de blouses blanches qui lui découpaient le ventre en morceaux et fouillassaient dans ses tripes. Un jour il est allé à l'hôpital et a essayé d'étrangler un infirmier. On a eu de la peine à le maîtriser, à cause de sa corpulence et de son poids. Il est énorme, il est sphérique, et toujours couvert de sueur. Les mains glissent sur lui, et sa masse écrase tout. Un jeune interne a réussi à lui faire une piqûre calmante. Les agents l'ont amené au commissariat. Mary l'a interrogé gentiment. L'homme a entendu son prénom prononcé par un collègue et a fait sur lui un transfert.

Pour le Gros, Julien Mary est son fils, à cause de son prénom, mais il sait que son fils, on le lui a tué, et ceux qui l'ont tué s'en prennent maintenant à lui. La mort entre chez lui par toutes les fissures. Il appelle son Julien, mort et vivant, à son secours...

Le commissaire a réussi à lui éviter les services psychiatriques pénitentiaires en le confiant à son ami le Dr Vilet qui dirige une clinique privée à quelques kilomètres de Nîmes.

La dernière lettre est celle d'un retraité qui se plaint du chien de son voisin qui « arrête pas d'aboyer ». Si la police le fait pas taire il va lui flanquer un coup de fusil, et à son maître aussi qui est un salaud qui le fait exprès.

— La ration habituelle de cinglés, soupira Mary. L'homme au chien, je vais lui envoyer un agent...

— Non... Un uniforme, ça ne fera qu'envenimer les choses. Tous les voisins le verront arriver, et quand il sera parti ça va bouillonner... Envoyez-y votre copain Biborne, il boira le coup avec eux...

— Il boit assez comme ça !...

— Je sais... Des fois c'est utile...

Le Commissaire principal posa sa pipe dans l'assiette en faïence, décorée d'un palmier, d'un crocodile et du mot NÎMES, qui lui servait de cendrier, et tendit deux doigts vers Mary.

— Remontrez-moi un peu cette œuvre d'art...

Mary glissa entre les doigts ouverts la missive aux lettres collées. Gobelin l'examina et la déchiffra lentement à voix basse, comme si elle était écrite en caractères chinois.

CE... SOIR... LES... CONJURÉS... TUERONT... VRAIMENT... CÉSAR...

Il releva la tête vers Mary :

— Ça concerne évidemment le Festival ?...

— Ça semble bien...

— Vous connaissez la pièce ?

— Je l'ai vue quand ils l'ont jouée la première fois aux Arènes. Ça fait un bout de temps !... J'étais haut comme ça... Je n'avais jamais vu du théâtre, avant. Les types en péplum, les soldats romains, dans ce cadre immense qui me paraissait encore plus grand parce que j'étais petit, ça m'a fait une impression fantastique...

— Je suppose que vous y retournez ce soir ?

— Oui. Ma femme ne connaît pas la pièce. Et j'y emmène mon gamin, qui a douze ans...

— Je n'ai ni vu ni lu *Jules César*. Ça se passe comment, l'assassinat ? Vous vous en souvenez ?

Le commissaire Mary eut un petit sourire un peu pudique.

— J'ai relu la pièce quand j'ai su qu'on allait la rejouer aux Arènes... Et hier soir je suis allé faire un tour à la répétition...

Le Principal grogna :

— Vous avez toujours douze ans !...

— Je voudrais bien, dit Mary. Au milieu de l'acte III, les conjurés entourent César et le frappent tous avec leur dague ou leur épée. Il y a Cassius, et les autres, ils sont sept ou huit. Et naturellement Brutus, qui frappe le dernier.

— Ah oui ! Brutus !... « *Toi aussi, Brutus ?* » Il était surpris, César ! Il l'aimait bien son Brutus ! Pauvre cloche !... On peut être le roi du monde et connard en ce qui concerne ses proches... Et le Brutus lui a filé un bon coup de lame... Il va peut-être recommencer ce soir...

— Vous ne pensez tout de même pas...

— Je pense que je reconnais le papier... On a coupé l'en-tête, mais je parierais deux centimes que c'est le papier à lettres de l'hôtel Impérator. Je m'en suis servi pour prendre des notes, il y a quatre mois, quand notre ministre est venu nous inspecter. Il n'avait pas voulu loger à la Préfecture, ça manquait de confort ! Il m'a convoqué dans son appartement de l'Imperator, une suite sur les jardins... C'est mieux qu'une HLM !...

— L'Imperator... Tous les acteurs principaux y sont descendus...

— Ah ! Alors ça serait l'un d'eux qui aurait concocté ça ?

Le Principal laissa tomber la feuille sur la surface de son bureau.

— Ça commence peut-être à devenir sérieux... Tous les « conjurés » sont à l'Imperator ?

— Non !... Cassius et Brutus sûrement... Les autres sont des rôles secondaires, c'est trop cher pour eux... Il doit y avoir aussi Bienvenu, le metteur en scène, qui joue également Antoine.

— La mort de César, c'est une bataille pour le pouvoir, une histoire entre hommes... Il n'y a pas de femmes dans la pièce ?

Le Commissaire principal reprit sa pipe, la vida et la grattouilla, et commença à la bourrer.

— Si, dit Mary, deux. La femme de César et la femme de Brutus. Ce sont des rôles courts, mais elles doivent être aussi à l'Imperator : l'une est la femme de l'acteur qui joue Cassius, et l'autre est Lisa Owen, l'épouse divorcée de Faucon, qui joue César. Leur séparation s'est faite dans les éclairs et les tonnerres. Vous avez bien vu ça dans les journaux... Ils en étaient pleins...

— Bien sûr, bien sûr... On n'échappe pas à ce genre de pub... Et il continue de la traîner avec lui ?

— Ils sont rarement ensemble quand ils sont mariés, mais dès qu'ils divorcent, elle ne le lâche plus. Elle joue Portia, la femme de Brutus. Un joli rôle, court...

— Je suppose que Faucon est aussi à l'Imperator !

— Sûrement... Il doit avoir la suite du ministre... Le grand Victor Faucon, l'unique, qui fait à César l'honneur de le jouer !

— Vous n'avez pas l'air de l'aimer beaucoup ?

Mary sembla étonné. Il réfléchit quelques instants, se demandant si c'était vrai, et pourquoi. Il trouva la raison, la garda pour lui, et sourit.

— Effectivement... Mais je l'admire. C'est un très grand acteur.

— Une star ! Comment disent les mômes ? Une idole !...

— Il y a une plaisanterie qui court sur lui : « Le Faucon en est un Vrai... »

— Facile... C'est son nom véritable ?

— Je crois...

— Ça a dû commencer à la maternelle !... Vous entendez, à la récré, le chœur des innocents ? « Fau-con ! vrai-con !... » Il a dû devenir enragé. Qu'il n'ait pas changé de nom prouve qu'il a du caractère...

La pipe ne tirait pas bien, il l'avait bourrée trop serrée.

— Merde! Cette pipe m'emmerde! Vous n'avez pas une cigarette?... Merci!... Et l'assassin?...

— L'assassin?

— L'assassin bien-aimé... Brutus! qui joue Brutus?

— Un jeune acteur... Je n'ai pas son nom dans la tête... Un inconnu... On dit que c'est le petit ami de Faucon...

— Ah! le Maître est dans sa période masculine?

— Il n'a pas de période, je pense... Il prend ce qui lui fait envie... S'il se fait un peu tailler la peau, un de ces soirs, il l'aura bien cherché!...

— Tsst! tsst!... Il ne faut pas dire des choses pareilles dans notre métier... Une peau qu'on taille, ça ne nous fait que des emmerdes...

Le Principal écrasa sa cigarette dans le cendrier et reprit sa pipe.

— Je me demande pourquoi on est assez cons pour s'empoisonner à fumer!...

*Je le tuerai ce soir.*

*Ou bien je serai découvert à l'instant même où je le frapperai, ou bien je resterai définitivement impuni. J'ai choisi mon arme, répété mon geste de façon à réduire au maximum le risque. Il n'en existe pas moins. J'accepte de le courir.*

*Je le tuerai ce soir...*

*Circonstances sublimes, environnement glorieux, mon acte sera parfait. Je me refuse à l'appeler crime. C'est la destruction nécessaire d'un monstre.*

— Allô, Docteur Vilet ?

— Allô ?...

— Ici Mary...

— Ah !... Je te salue, Mary !...

— Tu la rates jamais, celle-là !...

— On a l'esprit qu'on peut...

— Pourquoi as-tu encore renvoyé le Gros ?

— Je ne l'ai pas renvoyé ! Il a voulu partir... Je n'ai pas le droit et aucune raison de le retenir : il est absolument inoffensif. D'ailleurs il est presque guéri...

— Tu parles ! Dès qu'il ne prend plus tes drogues, tout recommence ! En pire ! Maintenant il a un ordinateur dans l'estomac, qui lui parle et lui donne des rendez-vous !

— Mais je lui ai prescrit un traitement !... Avec ça il devrait être tranquille...

— Ton traitement, s'il n'y a personne pour le lui faire avaler... Il n'est même pas allé chez le pharmacien... J'y suis allé pour lui, ce matin, et je lui ai fait prendre ses gouttes et ses pilules. Maintenant il est délivré pour 24 heures. Mais je ne peux pas aller tous les jours lui donner son biberon !

— Ça t'irait bien, pourtant ! Tu as le cœur si tendre !...

— Connard !... Demain je te le ramène...

— Je n'en veux pas !

— Je-te-le-ra-mè-ne ! Tu sais bien qu'il souffre comme si c'était vrai !... « Ils » entrent chez lui par les tuyaux du chauffage central, et ils lui broient les pieds avec des tenailles ! Tu aimerais qu'on te fasse ça, toi ? Tu aimerais avoir un ordinateur dans l'estomac ? Il vit dans la terreur. Il essaie de « les » étouffer en mangeant des nouilles !... Il y en avait un grand chaudron en train de bouillir sur son gaz. De quoi nourrir une compagnie de paras ! Il est déjà énorme... Tu devrais le mettre au régime...

— Mais je n'en veux pas !

— Je te le ramène demain ! Il est à la Sécu : il ne te coûte rien, au contraire !

— Mais...

— Je sais... Il la fout mal parmi tes cinglés distingués... Tu n'as qu'à dire qu'il est le cousin de Lady Diana, les familles de tes clients le trouveront plein de chic... Tes clients, eux, s'en foutent... Et garde-le ! Ne le relâche plus dans la terreur !... Pourquoi tu ne lui trouverais pas un petit boulot ? Dans ton jardin, ou à la cuisine ?

— Qu'est-ce qu'il sait faire ?

— Cuire des nouilles...

Au pied des Arènes, du côté de l'avenue Victor-Hugo, le Cissi installait son barbecue minable, un rectangle de tôle cabossée, sur quatre pieds boiteux. Son grand chien jaune vint humer la marchandise à cuire posée sur une caisse recouverte d'un journal presque neuf, soupira de dégoût, et s'assit à côté. Une douzaine de merguez rosâtres et quatre brochettes ratatinées par la chaleur de l'après-midi, est-ce que ça valait la peine d'être défendu contre les gamins chapardeurs ? Il n'avait pas à discuter, c'était son métier de chien, il le ferait. Il connaissait le commissaire Mary, ils faisaient le même métier, il le vit approcher, il lui dit « ouah ! » et remua la queue, envoyant un peu de poussière sur les merguez. Il avait le poil ras, l'œil gai, deux petites oreilles pointues sur sa grosse tête, une droite, l'autre cassée.

— Ouah ! lui répondit Mary, en le grattant entre les oreilles.

— Quand tu auras vendu tout ça, dit-il au Cissi, tu auras empoisonné au moins six personnes... Mais ça ne te fera pas un gros chiffre d'affaires...

Un jour, il faudra bien que je te demande de quoi tu vis !...

— Chef, je vais vous dire, dit le Cissi : de temps en temps je tords le cou à un touriste, je lui prends son fric et je le transforme en merguez et en brochettes... C'est tout bénéfice !...

— Tu en serais bien capable, dit Mary. Tiens, je te paie un assortiment... Tu le mangeras pour moi...

— Je suis pas fou, dit le Cissi... Merci, chef !...

Il empocha le billet.

Il acceptait les menues largesses du commissaire à qui il faisait semblant, de temps en temps, de donner un renseignement que Mary faisait semblant de prendre au sérieux, l'un et l'autre sachant que ni l'un ni l'autre n'était dupe. Le Cissi vivait surtout de travaux dans les jardins bourgeois. Cinquante ans, ancien « sapeur » de la Légion, blond, pas très grand, maigre, raide. La barbe et le crâne tondus, les yeux jaunis par le pastis. Un vieux pantalon de treillis, une chemisette délavée, des espadrilles trouées. Il aimait surtout soigner les roses. Il obtenait des floraisons superbes. Il les complimentait quand elles étaient belles, leur parlait comme il n'aurait pas su parler à une femme, caressait leurs rondeurs délicates avec ses mains si rêches que les épines avaient renoncé à s'y planter.

Le commissaire n'avait pas de jardin. Sa femme aurait bien voulu. Lui aussi. Il contourna les tentes quadrangulaires, à grandes rayures jaunes et bleues, frappées du palmier et du crocodile nîmois et de la hache et des verges romaines. Branchées sur une des portes des

Arènes, les tentes abritaient les loges des acteurs. Il fit un petit signe cordial à l'agent qui gardait l'entrée suivante et qui le salua mollement.

Il trouva Bienvenu, le metteur en scène, dans la galerie circulaire, transformée en coulisses et vestiaires pour les figurants. Des planches posées sur des tréteaux en occupaient une partie. Cent cinquante costumes de soldats romains y étaient disposés, pliés côte à côte, chacun avec son casque, son épée et son bouclier. On avait répété la veille « en tenue ». Les figurants étaient des rampants de la base aérienne, à la disposition de la mairie de Nîmes.

— Tiens le Commissaire !... On ne voit que vous, ici ! dit Bienvenu. Vous voulez peut-être un rôle ?...

— Peut-être, dit Mary.

— Laissez-moi vous regarder... C'est une manie que j'ai, quand je fais la connaissance de quelqu'un, de lui coller sur le dos le personnage qu'il pourrait interpréter... Vous avez le regard de Dirk Bogarde, et presque la carrure de Belmondo... Avec dix centimètres de plus, vous pourriez être James Bond... Avec vingt ans de moins, Roméo... Formidable ! tenez j'ai ce qu'il vous faut : Antoine, le Vengeur de César ! Vous prenez ma place ! D'accord ?

— Je n'en demande pas tant, dit Mary en souriant. Je veux seulement des rôles de soldats romains pour deux de mes hommes. Afin qu'ils soient sur la scène pendant la représentation...

— Quoi ? dit Bienvenu.

— Regardez ce que nous avons reçu ce matin...

Mary tendit au metteur en scène une photoco-

pie de la missive aux lettres collées. L'original
était au commissariat, en proie aux techniciens
qui épluchaient ses empreintes.

Bienvenu y jeta un coup d'œil irrité.

— Ah! Vous aussi? J'ai reçu la même ce matin!
Tenez...

Il prit dans la poche de sa chemisette une
feuille pliée en quatre et la tendit à Mary : la
même phrase, les mêmes mots, différents par
leur disposition et leurs lettres, mais contenant la
même menace précise.

— J'espère que vous n'attachez pas d'importance à des trucs pareils?

— Le papier est celui de l'Imperator, dit Mary,
c'est un de vos acteurs qui a dû fabriquer ça...

Bienvenu devint brusquement furieux. Grand
et maigre, voûté, doté d'un grand nez pointu, le
crâne chauve, il avait l'air d'un héron qui a avalé
un escargot avec sa coquille : ça ne voulait pas
passer...

— Vous savez à quoi ça rime, ce machin? C'est
une vacherie! C'est pour lui faire louper sa scène!
Qu'il fasse un bide!...

— Vous croyez qu'il aurait peur?

— Peur? Faucon n'a plus peur de rien, depuis
longtemps!... Mais s'il pense à cette connerie, s'il
se tracasse pendant la scène en se demandant *qui*
de ceux qui l'entourent l'a écrit, au lieu de tout
oublier pour être César, c'est raté!.. Vous lui
avez montré votre papier?

— Pas encore...

— Ne le lui montrez pas! Surtout pas!... Qui l'a
vu?

— Seulement vous.

Bienvenu soupira, l'air soulagé. Mary empocha les deux lettres :

— Je garde la vôtre...

— Je vous en prie, ne les montrez à personne ! Ne foutez pas la pagaille ! Ce n'est pas le moment ! Vous me promettez ?

— Promis... C'est quand même étonnant qu'une vedette comme lui ait accepté de jouer César. Ce n'est pas un grand rôle...

— Pas un grand rôle ?...

Bienvenu postillonnait d'indignation.

— C'est un rôle pour un acteur géant ! Si le type qui joue ça est *seulement très bon*, il ne reste rien du rôle ! Il devient comme un costume trop large autour d'un échalas !... Ça flotte de partout !... Pour l'emplir, il faut être aussi grand que le personnage !... César !... Faucon fera craquer toutes les coutures, ce soir ! Vous allez l'entendre ! Vous allez le voir !... La scène vous fera l'effet d'une bagarre, en désordre, comme dans un film noir, quand les truands tombent tous à la fois sur le héros... Mais je l'ai réglée à la manière d'un ballet, chaque acteur sait à une seconde près ce qu'il doit faire. Faucon aussi... Et il le fera... Mais il fera sûrement quelque chose en plus... Personne ne peut savoir ce qu'il inventera... Il a le dernier mot... Quand tous les couteaux ont frappé... Il est libre, pour mourir... Seul devant le monde entier... Une mort d'Empereur !...

Bienvenu se redressa. Il prit l'attitude... Il arrondit un bras au-dessus de sa tête. Pendant une seconde il fut César mourant. Il murmura :

— Oui je pourrais... Mais pas comme lui... Comme lui, personne...

— Je n'ai pas vu la scène, hier soir, dit Mary, je suis parti avant, j'avais à faire... Je le regrette... Si j'avais su !... Vous avez mis beaucoup d'escaliers... Comme en 1950... Mais votre statue de Pompée est beaucoup plus grande... C'est culotté, mais c'est réussi...

— 1950 ! s'exclama Bienvenu. Vous avez vu la mise en scène d'Hermantier ? Mais vous étiez au biberon ?

— J'avais onze ans, dit Mary, souriant. Je me souviens de tout, je ne l'oublierai jamais...

Et il reprit sa quête patiente :

— J'ai relu la scène, à midi... C'est Casca qui frappe le premier. Vous avez gardé cette indication ?

— Oui...

— Il frappe au cou...

— Ça, c'est Shakespeare. J'ai changé... Je le fais frapper dans le dos. Puis, tous les autres, au corps. Puis ils dégagent puis ils reviennent et ils recommencent. Puis Brutus frappe à son tour, à la poitrine... Je ne veux pas courir le risque de blesser Faucon. Les dagues sont en plastique raide, couleur d'acier. Les lames rentrent dans le manche et libèrent l'hémoglobine...

— L'hémoglobine !...

— Oui !... César sera couvert de sang ! Ça vous choque ?

— Pas précisément, mais...

— Je sais ! C'est du cinéma ! Au théâtre, ça ne se fait pas !... L'assassin fait semblant de frapper, et le spectateur ajoute ce qui manque... Il sait que la victime en a pris plein les tripes... Mais ça, c'est bon dans une salle fermée, dans une boîte à théâtre bien limitée, avec les acteurs offerts sur un plateau comme des verres de whisky !... Mais ici, dans un tel cadre !... Démesuré !... Je dois faire de la démesure !... Exagérer ! Dilater ! Outrer !... Gueuler avec les couleurs et les lumières, et la bande-son !... Je ne dépasserai jamais l'immense !...

Bienvenu, exalté, lyrique, fit un grand geste rond des deux bras vers la voûte et vers tout ce qui était construit au-dessus, le fantastique vaisseau de pierre en voyage depuis deux mille ans.

Il reprit d'une voix plus calme :

— Mais dès que les acteurs parlent, silence ! Les mots tout seuls dans le silence ! Pas de micro ! Chacun avec sa voix seule, avec ses mots tout nus. Les mots !... Vous verrez !... Nous les ferons avaler au public, malgré lui !...

Il s'énervait de nouveau. Mary savourait cette représentation que Bienvenu lui donnait pour lui tout seul. Par morceaux. Car ils étaient sans cesse interrompus. A quatre heures du début du spectacle, chacun avait quelque chose à demander au metteur en scène, le régisseur, l'habilleuse de Faucon, le dernier des petits rôles, qui était déjà en costume, et qui venait se montrer, quêter une approbation, un mot chaleureux, que Bienvenu lui donna. Le coiffeur vint, avec une perruque, pour un nouvel essayage. Bienvenu se taisait, imposait silence à Mary, puis reprenait le fil sur le même ton, comme une bande magnéto bien recollée. Un véritable acteur est toujours prêt, est toujours et partout en représentation, dès qu'il trouve un public, fût-ce un bébé de trois mois. Ou lui-même...

— Ce public de chiottes, vous croyez qu'il sera là pour écouter Shakespeare ?... Des clous ! Il vient de la France entière, même de plus loin, un plein charter d'Américains, pour voir Faucon ! Faucon en chair et en os ! Shakespeare ? Il ne sait même pas qui c'est !... Ni Jules César !... Si on ne le lui a pas dit à la Télé... Il a la tête pleine de la merde télé... Mais il a encore du cœur. On peut l'attraper par les sentiments... Même le sentiment de la beauté, à laquelle il ne comprend rien... Mais il la sent... Ça lui en fout un coup ! Vous allez l'entendre gueuler, ce soir !... On a vendu plus de vingt mille places ! Sur les gradins du haut ils vont être obligés de s'asseoir les uns sur les autres ! Ils s'en foutent, ils viennent voir Faucon !... Les vrais cons, c'est eux, ils verront pas, ils seront trop loin... Ce type tout blanc, là-bas au bout, haut comme une allumette, et puis tout rouge, c'est Lui, c'est LUI ! Ils jubilent, ils bandent, ils croient vraiment qu'ils l'ont vu... Et au fond ils ont raison : ils ont vu le geste !...

— Qu'est-ce qui explique une telle popularité ? Le talent, je veux bien, mais...

— Non Monsieur ! *Le génie* ! Le talent, le métier, le travail, l'adresse, l'allure, tout ça peut faire un acteur exceptionnel... Mais ça ne suffit pas pour faire un Faucon... Il faut le génie... Comme Garbo, comme Chaplin... Ça ne s'explique pas, ça passe... ; et puis la pub... Pour ça aussi il est génial... Ses démêlés avec sa nana, ça occupe sans arrêt des centaines de journaux dans le monde entier... Et puis son dernier film qui a fait un malheur... Et puis, il faut bien le dire : il est beau...

— Oui, dit doucement Mary, beau comme un ange... Un ange noir...

Ils se turent un instant, communiant dans une interrogation muette, se posant la question que chacun se posait devant Faucon : une telle beauté, extraordinaire, si glacée, et qui pouvait devenir si brûlante, était-elle une faveur du ciel, ou une malédiction ?

— Je me demande pourquoi il fait encore du théâtre, dit Mary... Il n'a pas besoin de ces trois représentations aux Arènes !...

— C'est pour le bonheur, Monsieur ! Quoi qu'il soit par ailleurs, il est d'abord, avant tout, un acteur... Et pour un acteur il n'y a de bonheur qu'au théâtre... Le théâtre, c'est la seule réalité... Tenez, celui qui a rédigé ces deux lettres... Il a fait du théâtre !... Il a frappé de loin avec une dague en fer-blanc... Ça y est ! Faucon est mort !... C'est fini !... Rideau !...

Mary ne laissa pas passer l'occasion :

— Alors, vous croyez qu'il y a quelqu'un près de lui qui a envie de le tuer ?...

— Quelqu'un ? Vous voulez dire tout le monde ! Pendant cinq minutes... Puis ils recommencent à l'adorer... Quand on a ses dimensions, on ne voit pas sur quoi on marche... Et on s'en fout... Alors à chaque pas il y a quelqu'un sous la semelle... Qui a mal... Et qui a envie de mordre... La beauté aussi est une raison d'être haï... Et le succès... Tout, quoi !... Il le sait bien... C'est pourquoi Larbi, son garde du corps, ne le quitte pas d'un pas, même quand il baise...

— J'ai entendu dire ça... Vous croyez que c'est vrai ?

— C'est bien possible, ça ne le gênerait pas...

— Vous disiez pourtant qu'il n'avait peur de rien...

— Peur, non : précaution !... C'est différent...

— Mais ce soir Larbi ne sera pas sur la scène...

— Bien sûr que si, il y sera !... Il joue un des conjurés... Il sera près de lui... Vous voyez bien qu'il n'y a rien à craindre !... Et je vous prie, tenez-vous tranquille ! Ne jetez pas le trouble ! Ce que nous allons faire ce soir, c'est énorme, mais c'est fragile !...

Mary eut un sourire un peu candide.

— Et pourtant je suis là pour essayer d'empêcher la tragédie...

— Si elle doit se produire elle se produira... Vous avez lu vos classiques ? Alors vous savez que les Dieux eux-mêmes n'y peuvent rien... Si vous croyez faire mieux qu'eux, vous êtes présomptueux ou naïf... Je pencherais plutôt pour naïf, vous posez des questions bien simplettes...

— Mais vos réponses ne l'étaient pas, dit Mary. Vous m'avez appris beaucoup !...

— Ah oui ? Tant mieux !... Bon, envoyez-moi vos deux bonshommes à 8 heures pile, pas plus tard...

— Je vais vous en envoyer quatre...

— Quatre ?... Vous allez finir par me foutre la frousse ! Bon d'accord, quatre... Mais qu'ils s'amènent pas comme des flics ! C'est des figurants que j'ai engagés au dernier moment. J'avertirai Georges, le régisseur. Et qu'ils la ferment, eux aussi ! Hein ? Motus !

— Soyez tranquille...

40

Mary tira de sa poche les deux missives et les compara. Elles étaient pareilles, bien que différentes à chaque mot. Il eut brusquement l'impression qu'*une de ces différences était essentielle, révélatrice.* Mais laquelle ? Et révélatrice de quoi ? Les deux messages disaient exactement la même chose : « Ce soir les conjurés tueront vraiment César »... Il hocha la tête, replia les feuilles et les remit dans sa poche. Il s'était efforcé de ne toucher celle de Bienvenu que par un coin. Empreintes...

— Vous ne voulez pas aller avec vos bonshommes ? demanda le metteur en scène. Vous seriez superbe, sous l'uniforme romain !

— Non, merci !... Je leur fais confiance... Je suis à la tribune B. Avec des jumelles, je verrai aussi bien qu'eux...

— Si jamais il y avait un pépin... Imaginons l'impossible... Que ça arrive... Dans la tribune vous ne pourriez pas vous dégager... Ça va être serré comme du saucisson... Le temps d'arriver à l'escalier, votre assassin sera déjà en Espagne !... Vous devriez vous asseoir au premier rang des chaises, dans l'arène.

— C'est l'endroit des officiels, le maire, le préfet, le général, leurs familles, ça doit être plein...

— Ça déborde !... Mais il reste deux chaises vides jusqu'au dernier moment : les miennes... Tenez...

Bienvenu prit dans une chemise, sur la table de bois blanc qui lui servait de bureau, entre des cloisons de planches, deux billets un peu froissés, et en donna un à Mary.

— Vous serez juste devant la scène...

— Merci... C'est sûrement mieux... Mais il ne se passera rien...

— Si, Monsieur, dit Bienvenu. Il se passera Shakespeare...

Le vaisseau de pierre levait l'ancre. Les lumières qui éclairaient les gradins surpeuplés venaient de s'éteindre. Chaque passager avait pris sa place, l'équipage était aux postes. L'épaisseur de la nuit avait étouffé les moindres conversations, et imposé son énorme silence. Mary leva son visage vers le ciel, et se trouva au milieu des étoiles. Elles étaient partout autour de lui, emplissaient l'espace, si proches qu'il suffisait de lever la main pour en cueillir une, brûlante ou glacée. Le navire, avec tout le poids de la Terre, se frayait lentement un chemin parmi elles, laissant derrière lui le sillage blême de la Voie Lactée.

La pièce commença, et Mary se laissa emporter par le flot mystérieux du théâtre. Il ne croyait plus du tout à la possibilité d'un meurtre. Si on veut tuer quelqu'un, on ne choisit pas le moment où on est entouré par vingt mille témoins...

Les scènes préliminaires lui parurent longues. Comme tous les spectateurs, il attendait l'arrivée du grand fauve destiné à la mise à mort.

La plèbe romaine se dispersait. L'obscurité

tomba. La gloire des trompettes, des caisses et des cymbales la fit voler en éclats. Des faisceaux de lumière jaillirent vers la scène. A leur point de rencontre, César se dressait, éclatant de blancheur.

Des applaudissements croulèrent des gradins vers Faucon. César leva lentement sa main ouverte. Les applaudissements et la musique se turent. Dans le silence total, César tourna la tête et appela :

— *Calphurnia !...*

Ce ne fut pas la femme de César qui arriva auprès de lui, mais Casca, empressé, obséquieux, Casca qui tout à l'heure allait frapper le premier. Il cria à la foule présente dans l'obscurité de la scène :

— *La paix ! Taisez-vous ! César parle !...*

Et César appela de nouveau :

— *Calphurnia !...*

Ah ! Cette voix grave et chaude, impérieuse mais tendre, comme elle portait sans forcer... Comme cet appel devait entrer dans le cœur de chaque spectatrice !... Mary se moqua de lui-même. Il savait bien que s'il trouvait Faucon antipathique, c'était parce que sa femme, Irène, sa Reine, le trouvait, elle, si sympathique...

Calphurnia, longue et blanche, entrait dans la lumière, à côté de César tout blanc.

— *Me voici, Monseigneur...*

Voilà, voilà ! pensa Mary... Il appelle, elles accourent !...

César appela Antoine, et Antoine parut, vêtu d'une toge de couleur orangée. Mary eut peine à reconnaître Bienvenu. Ce grand maigre tordu avait pris de l'épaisseur et se tenait droit. Magie du métier et du costume rembourré. La perruque brune aux courtes boucles y était pour beaucoup, donnant du poids à la tête, encadrant le regard passionné, et rajeunissant le visage.

Le commissaire régla sur lui ses jumelles, les remit dans sa poche. Il retrouvait le bonheur ébloui de son enfance. En face de lui, dans la pénombre, la gigantesque statue de Pompée attendait son heure. L'air était à la fois tiède et frais, comme une source d'été, et d'une pureté que traversait parfois, à la façon d'un poisson vif, le parfum d'une spectatrice voisine, une cigarette, un bonbon à la menthe...

De loin, très loin, du bout de la nuit terrestre, arrivait le grondement étouffé de l'orage qui avait menacé toute la journée, sans oser s'approcher.

Le Cissi avait affirmé au commissaire :

— Il pleut jamais à Nîmes pendant le Festival Mais cette année, je suis pas si sûr . Y a quelque chose dans l'air !

*Je vais le tuer.*

*Je ne suis pas un assassin : je dois faire la justice, à cause du mal qu'il a fait, et qu'il continuera de faire s'il reste vivant.*

*Je vais le tuer. Dans quelques minutes.*

*Et la justice veut qu'il n'y ait pas de coupable, que personne ne soit puni pour cet acte de purification. Si je réussis, si je ne suis pas pris, personne ne pourra être accusé à ma place. Si je suis pris je paierai sans regret, mais ce serait dommage.*

Mary porta ses jumelles à ses yeux. Le troisième acte, l'acte fatal, commençait.

César s'était montré sourd aux supplications de sa femme :

> CALPHURNIA : *Deux lionnes ont mis bas dans les rues de Rome cette nuit ! Les tombeaux se sont ouverts ! Des guerriers enflammés ont combattu dans les cieux et leur sang est tombé sur le Capitole... Ces sinistres événements sont-ils naturels ? Peut-on sans frémir en entendre le récit ? O César, ô Cher époux, accordez-moi ce jour ! Restez auprès de moi, n'allez pas au Sénat !*
>
> LE DEVIN : *César, prends garde aux ides de mars !*

César n'avait écouté ni sa femme, ni le devin, ni les augures, qui lui avaient conseillé de ne pas sortir en ce jour menaçant : examinant les entrailles du taureau sacrifié aux Dieux, ils s'étaient aperçu, épouvantés, que la bête n'avait pas de cœur...

César n'était pas homme à négliger les présages. Mais ce qu'il avait à faire, il le fit : les sénateurs l'attendaient, il se mit en marche vers le Capitole, entouré de ceux qu'il croyait être ses amis, et qui étaient ses assassins. Tous, sauf Antoine, le fidèle... Les conjurés étaient vêtus de jaune pâle, chacun d'une nuance différente. Parmi eux éclataient la toge jaune d'or de Brutus et celle, orangée, d'Antoine. Ils allaient devoir écarter celui-ci, avant de passer à l'action.

En quelques secondes, des projecteurs successifs tirèrent hors de l'ombre la statue de Pompée. Elle apparut immense, aussi haute que les Arènes. Eclatante de lumière elle attendait César, blanche comme lui.

La foule entassée sur les marches de pierre soupira de satisfaction et de soulagement. Dans les flammes et les ombres de la nuit, Bienvenu avait concrétisé les phénomènes surnaturels évoqués par la tragédie, les visions et les clameurs, les pluies de feu et de sang, par des projections et une sonorisation qui avaient transformé les Arènes en chaudron de sorcière, et tordu et noué vingt mille systèmes nerveux...

Enfin le silence et la clarté du jour étaient revenus, et César et sa suite arrivaient au Capitole.

Mary scruta les visages de tous ceux qui entouraient César. Ses jumelles les lui montraient à moins d'un mètre. Lequel de ceux-là avait composé les ridicules missives ? Et s'il disait vrai ?... Ce n'était pas possible... Devant vingt mille spectateurs et les caméras de télévision ?... Et s'il disait vrai *quand même*, lequel de ces visages, maquillés à outrance à cause de l'éloignement du public, était le visage de l'assassin ? Lequel avait remplacé la dague de plastique par une arme d'acier ?... Et s'ils étaient deux... Ou plusieurs ?... Comme dans l'Histoire ?... Comme dans la pièce ?...

Mary avala sa salive. Ce n'était pas possible... Pas possible ? C'est vite dit... Et, si c'était possible, il n'avait rien fait pour l'empêcher.

Il aurait dû... Il aurait dû quoi ? Que faire à moins d'interdire la représentation ? Un beau scandale ! Une sacrée bombe ! Pour l'incongruité d'un plaisantin !... Et d'ailleurs ni les organisateurs, ni le maire, ni Faucon lui-même n'auraient accepté... Il avait fait la seule chose en son pouvoir : lui et ses hommes étaient venus regarder...

Il vit Trebonius, un des conjurés, parler à Antoine, et l'entraîner hors de la scène.

Les assassins étaient maintenant seuls avec César.

— Allonge, bon sang! Presse-toi! marmonna Bienvenu-Antoine à l'acteur qui jouait Trebonius. Je veux voir l'agenouillement de Brutus!... Il l'a raté hier!... On aurait dit qu'il allait faire sa première communion!...

Dès qu'ils ne furent plus à la vue du public, Bienvenu se mit à courir. Il arriva, essoufflé, à son poste d'observation, derrière les marches de l'escalier de droite. Georges, le régisseur, était là, avec un des pompiers de service, regardant la scène à travers les fentes pratiquées à cet effet dans le décor de bois.

— Qu'est-ce que tu en penses? demanda Bienvenu, anxieux.

— Au poil! dit le régisseur. Ça chauffe!...

Bienvenu colla son œil à une fente.

Les conjurés entouraient César. Metellus s'était jeté à genoux pour implorer la grâce de son frère banni. César la lui refusait. Brutus s'agenouilla à son tour.

— Bon, c'est pas trop mal..., dit Bienvenu.

CÉSAR : *Quoi, Brutus à genoux?*

Cassius, puis Cinna, puis Decius, se rapprochè-rent de César sous le prétexte de l'implorer à leur tour. Quand ils furent tous en place, Casca sortit sa dague et cria :

— *Mon bras, parle pour moi !...*

Et il frappa, *au cou.*

Les plus proches spectateurs virent la lame s'enfoncer et le sang jaillir. Les autres conjurés frappaient César de toutes parts.

— Sale con ! cria Bienvenu contre la planche. Il l'a frappé au cou ! Il a dû le blesser !...

— Il l'avait dit ! dit Georges. Il le répétait à tout moment : « Shakespeare, c'est Shakespeare... Il a écrit " au cou ", je frapperai au cou !... Bienvenu peut m'indiquer ce qu'il voudra, Bienvenu, c'est pas Shakespeare ! Je frapperai au cou !... »

— S'il a blessé Faucon, tu vas voir où je vais le frapper, moi !... Sale con !...

Mary suivait de son mieux la mêlée. C'était difficile. Les sénateurs et le peuple s'enfuyaient vers les dégagements et les escaliers, laissant au milieu du plateau les assassins acharnés sur leur victime qu'ils entouraient, la dérobant en partie à la vue. Brutus, immobile, debout, dos au public, les regardait.

On entendit tout à coup la voix du lion blessé rugir :

— *Arrière ! Chiens !*

Derrière la planche, Bienvenu jubila :
— Il en rajoute : il fait du Shakespeare !

Dans un effort énorme, César repoussa ses agresseurs, arracha sa toge maculée de sang et les en fustigea, les frappant au visage et aux bras, leur arrachant leurs armes. Stupéfaits, ils s'écartèrent.

Alors Brutus, dans son vêtement d'or qu'un laser éclaboussait de rouge, s'avança d'un pas. César, le regardant, s'immobilisa. Les conjurés, pétrifiés, regardaient les deux hommes face à face. Blancheur zébrée de sang, César vacillait...

— ... juste assez dit Bienvenu, juste ce qu'il faut pour que le public croie qu'il tient debout par miracle... Quel acteur !

— On dirait vraiment qu'il a été saigné, dit Georges.

« C'est du jeu d'acteur, c'est de la mise en scène !... se persuadait Mary. S'il était vraiment blessé il crierait, il appellerait au secours !... Il crierait ? Non ! Quoi qu'il arrive, un acteur *continue de jouer !...* »

Brutus tira son épée.

César eut un léger haut-le-corps, chancela, se reprit, retrouva et maintint toute sa dignité souveraine, et parla. Sa voix dans l'immense silence, emplit les Arènes jusqu'aux étoiles.

CÉSAR : *Toi aussi, Brutus ?*

Il avait mis dans ces trois mots, dits très simplement, presque avec un reste de souffle, tant d'étonnement, tant de confiance et d'amour trompés, que Mary s'attendit presque, et les vingt mille spectateurs avec lui, à voir Brutus reculer. Mais il leva son arme...

CÉSAR : *Alors meurs, César !...*

César souleva à deux mains sa toge sanglante et la laissa retomber autour de sa tête comme une draperie funéraire.

Brutus fit encore un pas, lui plongea son épée dans le corps et la retira, rouge.

La foule poussa un long soupir d'horreur.

Le coup brisa l'équilibre précaire de César. Il recula en chancelant jusqu'à la statue de Pompée. Quand il en sentit le contact dans son dos il se retourna vers elle et tenta de s'y accrocher de ses deux bras écartés.

— Merde ! Regarde ce qu'il a trouvé ! dit Bienvenu. Quelle trouvaille ! César en croix !...

César glissa, s'écroula au pied de la statue et ne bougea plus. Les traces de ses deux mains sanglantes dessinaient au-dessus de lui un V tronqué.

— Quel acteur ! dit Bienvenu. Regarde comme il a l'air mort !...

— Ça c'est facile...

— Tu crois ça !... Un vivant couché reste épais... Un mort c'est plat... Pour avoir l'air mort il faut détendre tous ses muscles, se répandre, couler !... Regarde comme il est plat !...

— C'est vrai...

— C'est moi qui lui ai appris ça !...

— C'est une ordure mais c'est un mec..., dit le régisseur. File ! Ça va être à toi, te mets pas à la bourre !...

Mary était entièrement rassuré. Il venait d'assister à un merveilleux moment de théâtre. Rien que du théâtre. Personne n'avait fait un écart de la voix ou du geste trahissant un incident. Tout s'était passé comme le metteur en scène l'avait prévu. Il y avait bien eu ce Casca qui avait frappé au cou, mais si l'arme avait été réelle, Faucon eût été égorgé et se serait écroulé aussitôt. Bienvenu avait sans doute modifié son indication au dernier moment. Parfaite mise en scène, jeu sublime de Faucon...

Les conjurés trempaient leurs mains dans le sang de César et s'apprêtaient à se séparer pour aller dans Rome expliquer leur action, quand survinrent un serviteur d'Antoine, puis Antoine lui-même.

Mary se réjouit, et se cala de son mieux dans sa chaise inconfortable. Les grands moments du rôle d'Antoine allaient commencer. Bienvenu parviendrait-il à lui faire oublier Hermantier, qui avait laissé un souvenir gigantesque dans sa mémoire d'enfant ?

Brutus souhaita la bienvenue à Antoine. Celui-ci, sans répondre, s'approcha du corps de César et se pencha vers lui.

ANTOINE : *O puissant César, est-ce toi que je vois ici, réduit à si peu de place ?*

Il sembla hésiter, mit un genou en terre, prit une main du mort, la laissa retomber, se releva brusquement, se retourna face au public, et regarda Mary ! Dans ses jumelles, Mary vit son visage stupéfait et bouleversé s'incliner trois fois pour faire trois fois le signe « oui » en le regardant lui, Mary ! Il fut sûr que Bienvenu le regardait lui, précisément, intentionnellement, et qu'il lui adressait un message. Il connaissait l'emplacement de sa chaise, et, même avec les projecteurs dans les yeux, il était capable de la situer et de le regarder.

D'ailleurs il continuait, et, brodant sur Shakespeare, ajoutait à son geste des mots qui ne laissaient aucun doute :

ANTOINE : *Oui ! oui ! oui ! C'est arrivé !...*

Il regarda fixement dans la direction de Mary, avant de se retourner vers César et d'enchaîner avec le texte de Shakespeare :

ANTOINE : *Oui ! Voilà à quoi ont abouti tes triomphes, ta gloire : à cet espace minuscule !... Adieu César !*

Puis il fit face de nouveau aux conjurés, Mary n'était déjà plus sur sa chaise. « Oui ! oui ! oui ! C'est arrivé. » Son cœur avait fait trois cabrioles dans sa poitrine... Qu'est-ce qui avait pu arriver, sinon ce qu'il avait craint sans y croire ?

Il contourna la vaste scène, dut enjamber des planches et de la pierre, se hisser dans un gradin désert, descendre un escalier, courir dans la galerie circulaire, pour arriver enfin dans la coulisse grouillante de soldats romains et de plébéiens. Près de la porte des taureaux, quatre légionnaires romains, leur casque de travers, cigarette aux lèvres, assis sur des chaises pliantes, jouaient à la belote sur une malle à costumes en osier, recouverte d'un journal. A côté d'eux, une civière faite de six boucliers était posée à terre. Sur la civière était allongé un mannequin représentant le cadavre sanglant de César. Il allait retourner en scène, porté par des soldats.

Mais il n'avait pas encore fait sa sortie !... Le César de chair attendait au pied de la statue, qu'on veuille bien l'emporter, s'occuper de lui, le soigner, il était peut-être encore temps !...

Mary reconnut le régisseur qui allait d'un groupe à l'autre, donnant des instructions. Il l'accrocha par le bras, lui dit à voix basse, pressée :

— Il est arrivé quelque chose à Faucon !... Il est blessé !

— Quoi ?... Qui êtes-vous ?

— Police !... Vous m'avez vu avec M. Bienvenu, cet après-midi...

Mary montra sa carte.

— ... Il faut arrêter ! Tout arrêter ! Il est peut-être en train de mourir !

— Arrêter ?... Comment voulez-vous que j'arrête ?... On peut pas baisser le rideau, ici !...

D'ailleurs la scène est presque finie... Vous en faites pas, vous allez le voir arriver, le Faucon, sur ses deux pieds, la vache !... Increvable ! Ça m'étonnerait qu'il soit seulement écorché !

Sur la scène, Antoine avait cessé de discuter avec les conjurés, et obtenu d'emporter le corps de César pour l'exposer sur la place publique. Les conjurés s'en allaient, les derniers sénateurs et plébéiens s'en allaient, les deux files de soldats casqués cuirassés s'en allaient. C'était comme un grand coup de vent qui vidait la scène en tourbillonnant. Antoine, dans le brouhaha, s'approchait de César et, dégrafant sa propre toge, s'agenouillait pour en recouvrir le cadavre sanglant. Il disposa pieusement son vêtement sur la victime, pendant que le synthétiseur criait les cris des pleureuses et des furies.

Antoine se releva, le corps de César serré en travers de sa poitrine. Les clameurs de la bande sonore se changèrent en longues plaintes. Les lumières devinrent rouges, pourpres, violettes, s'éteignirent. Antoine et son fardeau s'enfonçaient lentement vers la nuit.

Antoine, portant César sur une épaule, arriva en courant, essoufflé, à la porte des taureaux. Il se laissa tomber à genoux et allongea le vrai corps à côté de son simulacre.

— Qu'est-ce... qu'est-ce qu'il a ? demanda Georges effaré.

— Il est mort, dit Antoine.

— Arrêter le spectacle ? Vous êtes fou ? criait Bienvenu.

— Vous rendez-vous compte qu'il y a eu crime, et que l'assassin peut s'enfuir par n'importe quel trou de ce cirque ? Je dois m'assurer de tous les suspects ! répliquait Mary.

— Dans « ce cirque », il y a vingt mille types qui sont venus au théâtre. Vous voulez leur annoncer qu'on arrête ? Allez ! Allez-y ! Expliquez-leur !...

— Mais...

— Votre assassin, vous ne risquez pas de le perdre ! Il *joue* jusqu'à sa dernière réplique. Vous comprenez ce que ça veut dire, *il joue ?* Vous le cueillerez à la fin !... En attendant, le théâtre continue !... Merde ! Vous allez me faire rater mon entrée !

— Dépêche-toi ! Dépêche-toi ! pressait le régisseur.

Bienvenu fit signe aux six légionnaires qui avaient déjà juché sur leurs épaules la civière et le faux cadavre.

— Allez, on y va !...

Ils sortirent tous en courant. Cassius, qui revenait, s'effaça pour les laisser passer.

— Ils sont à la bourre ! dit-il. Qu'est-ce qui arrive à André ?... Qu'est-ce qui se passe ? Il a oublié César !...

Il venait d'apercevoir le corps de Faucon étendu à terre, à l'endroit même où l'avait posé Bienvenu, et qu'entourait un nombre grandissant de plébéiens et de légionnaires, fous d'excitation et de curiosité.

— Regardez ! dit Mary.

Il écarta la toge qui couvrait la tête du cadavre, et le visage apparut, la bouche ouverte et les yeux fixes.

— Quoi ? cria Cassius. Faucon ? Qu'est-ce qu'il a ? Une attaque ?

Mary, sans lui répondre, vint à lui, passa sa main sous sa toge et saisit sa dague, rouge d'hémoglobine. Il en frappa le mur de pierre, à côté de lui. La lame entra dans le manche. Ce qui y restait d'hémoglobine lui coula sur la main. L'arme était tout juste capable d'entamer une motte de beurre, par temps chaud...

— Alfred, garde-le ! dit Mary à un de ses quatre inspecteurs qui venaient de quitter leurs défroques romaines. Toi, dit-il à un autre, va chercher le Dr Supin et le Substitut... Ils sont au parterre, tous les deux, je les ai vus. Supin au 3ᵉ rang, le Substitut au premier. Tu les connais ?

— Oui...

— Dis-leur de venir ici d'urgence ! Discrètement, hein ? Discrètement !... Et vous tous, là, reculez ! Reculez !...

Un des agents municipaux chargés du service d'ordre à l'intérieur des Arènes se joignit aux inspecteurs pour faire reculer la foule des curieux simili-romains. Quelques faux soldats romains qui étaient de vrais soldats nîmois se rangèrent du côté de l'autorité et repoussèrent gentiment les plébéiens. On entendait très faiblement, au loin, la voix de Brutus qui haranguait le peuple. Il allait bientôt terminer, et arriver.

L'air sentait la cigarette, le fard gras, la bière et le pastis, un petit vent venu des étages soufflait par instants dans la galerie et ébouriffait les perruques. La tête de Faucon, émergeant de sa défroque couverte de faux et de vrai sang, gardait la bouche ouverte et les yeux écarquillés. Mary avait l'impression de se trouver en plein cauchemar surréaliste. Il se baissa et ferma les yeux du mort. L'œil droit se rouvrit. Il le referma. Il se rouvrit. Zut !...

— Allez, allez la plèbe ! criait Georges, le régisseur, Antoine va parler, c'est à vous ! En scène ! A gauche et à droite ! Entrez doucement ! Ne vous excitez pas ! Et fermez vos gueules sur ce que vous avez vu ici ! Compris ?

La foule s'écoula, à regret, mais rapidement.

— Tu parles, comme ils vont la fermer ! dit un soldat.

— A qui veux-tu qu'ils parlent ? Ils n'ont pas de contact avec le public.

Trois des conjurés arrivèrent, Casca avec Trebonius et Cinna, à moins que ce ne fussent Ligarius et Metellus Cimber.

Les deux autres allaient arriver avec Brutus, dans quelques minutes.

— Gardez-moi ces trois-là! dit Mary à ses hommes. Qu'ils ne se débarrassent même pas d'un cheveu sans que vous le voyiez! Où y a-t-il un téléphone? demanda-t-il à Georges.

*C'est fait. Je l'ai fait. Tout s'est passé comme je l'avais prévu. Personne n'a discerné le vrai coup mortel. Personne ne pourra trouver le coupable, si c'est être coupable que de faire la justice.*

*Il est mort dans la gloire et les lumières. Il est maintenant dans les braises de l'enfer.*

Le Commissaire principal Gobelin ronflait. Il ne gênait personne car il était veuf et seul dans son lit. Même dans les moments superlatifs, quand il semblait s'arracher tout l'intérieur de la poitrine, plus le ventre et la cervelle, ses voisins n'entendaient rien. Les vieilles maisons de pierre ont des avantages.

Il fallut un certain temps pour que la sonnerie du téléphone trouvât à s'insinuer entre deux cataclysmes, mais dès qu'elle parvint à une oreille, le réflexe professionnel joua : le Commissaire principal fut immédiatement et totalement réveillé, et tendit sa main droite, qui se posa exactement sur le combiné. Le téléphone veillait au chevet de son maître, sur la petite table basse, à côté d'une pochette de marshmallow's, d'un mini-transistor pour les nouvelles du matin et d'un roman pour la lecture du soir. Il l'avait commencé l'an dernier à Noël. Il irait bien jusqu'à la Toussaint...

— Allô ?

— Allô, patron, ils l'ont fait ! dit la voix de Mary.

— Qui, ils? gronda Gobelin. Et ils ont fait quoi?

— Ils ont tué Faucon...

— Meeeerde!...

Gobelin était déjà sur ses pieds.

— *Qui* l'a fait?

— Je ne sais pas!...

— Et toi, qu'est-ce que tu as fait?

— Je ne peux pas faire grand-chose!... Ils sont sur la scène en train de jouer... Je les alpague à mesure qu'ils sortent... Il faut que vous m'envoyiez du monde...

— Je t'en envoie! Où es-tu?

— Dans la galerie intérieure, à la porte des taureaux. Le Dr Supin est dans le public, je l'ai envoyé chercher pour un premier examen.

— Qu'il dérange rien, surtout, ce con-là!... Tu te rends compte du boucan que ça va faire? Non, mais tu te rends compte?... Dans le monde entier!... Et il faut que ça nous tombe dessus à nous!... Tu étais là? Tu regardais?

— Oui.

— Qu'est-ce que tu as vu?

— Rien...

— Tu as rien vu! Tu as rien fait! Tu es un policier formidable!

— Chef, je... hum... je pense à ce qui risque de se passer avec le public, quand il apprendra que son idole a été assassinée!...

— J'y pense aussi, figure-toi! Je vais appeler la gendarmerie.

— Faut que je m'en aille, Brutus va arriver...

— Fous le camp ! On parle trop !...

Mary raccrocha. Il se rendit compte que, tiré de son sommeil pour être jeté dans le désastre, le Principal s'était mis à le tutoyer. Il en éprouva un réconfort plein d'amertume.

Brutus, horrifié, pétrifié, semblait cloué par son regard au cadavre de Faucon que le Dr Supin avait en partie déshabillé pour l'examiner. Metellius Cimber et Ligarius, à moins que ce ne fussent Cinna et Trebonius, revenus en même temps que lui, debout près de lui, bouleversés, regardaient sans mot dire le médecin agenouillé poursuivre son examen. C'était un petit homme âgé, gris clair de poil et de costume, rose de peau. Il était venu voir *Jules César*. Il ne s'était pas attendu à examiner sa dépouille...

Il leva la tête vers Mary :

— Autant que je puisse en juger, dit-il d'une voix mince, il a succombé à un coup porté par devant, juste au-dessous des côtes, dans la direction du coeur... Une lame fine, étroite, longue...

Mary revit dans sa tête le coup porté par Brutus. Il correspondait exactement aux constatations du médecin. Mais son épée était large et épaisse... Elle avait pu être truquée, et la fausse lame en cacher une vraie, dont il se serait débarrassé depuis... Il fallait tout envisager, dans une histoire aussi extravagante...

Brutus pleurait, sans bruit. Puis il se mit à sangloter. Son voisin de gauche, Cimber, à moins que ce ne fût Cinna, ou un autre, lui passa fraternellement son bras autour des épaules. Les sanglots de Brutus devinrent une plainte semblable à celle d'un enfant. Mary le regarda plus attentivement. Il paraissait très jeune, presque adolescent. Pareil à un petit garçon perdu au fond de la détresse. Le commissaire savait que Faucon aimait les chairs et les âmes fraîches. Mais comment expliquer son emprise sur elles ? Ce cadavre sanglant, fardé, un œil ouvert, un œil fermé, la bouche béante, était affreux et grotesque. Quelle magie avait disparu avec la vie ?

Obéissant aux indications du Dr Supin, deux légionnaires casqués retournèrent le corps de César. Le médecin fit une grimace, passa sa main sous la chemise de soie, cherchant une autre plaie, ne trouva rien.

— Apparemment, il n'a pas d'autre blessure, dit-il. Je verrai mieux à l'autopsie...

Il était le médecin légiste de Nîmes. Il se réjouissait visiblement à la perspective de couper en petits morceaux une vedette mondiale.

Il cherchait du regard, autour de lui, de quoi essuyer ses mains maculées de sang. Il les tenait à la hauteur de sa poitrine, écartées de lui, comme des objets étrangers. Mary lui tendit un kleenex, puis un second, il en avait toujours un petit paquet dans sa poche. Tout y passa.

Le Substitut arrivait, intrigué, élégant, en presque smoking blanc et cravate papillon bleu nuit. Mince et long, quarante ans, style Fac. de Droit, Parisien, 16e arrondissement.

— Que se passe-t-il, commissaire ?

Il vit le cadavre, haussa un sourcil.

— Faucon ?... Un accident ?

— Un meurtre, dit Mary.

Il sortit de sa poche la photocopie de la missive anonyme, celle reçue par la police. Celle de Bienvenu était maintenant au labo. Il déplia la feuille pour la tendre au Substitut. Et quand elle passa dans son regard, il eut de nouveau l'impression qu'elle *voulait* lui dire quelque chose de plus que le message qui y était collé. Il eut une brève hésitation, regarda de nouveau, puis donna le message au Substitut. Il n'y avait rien à lire d'autre que les lettres imprimées. C'était clair. Et c'était arrivé...

— La blessure correspond au coup donné par Brutus, dit Mary au Substitut. Mais d'autres l'ont frappé aussi au même endroit pendant l'agression générale. J'ai saisi toutes les épées et les dagues des conjurés. Ce ne sont que des accessoires de théâtre, absolument inoffensifs. L'une d'elles a peut-être été trafiquée pour l'accomplissement du meurtre. Au premier examen il n'en reste pas trace. Le labo devra les scruter plus attentivement. Mais je crois que l'arme du crime était indépendante. J'ai fouillé tous les suspects. Je ne l'ai pas trouvée. L'assassin a dû s'en débarrasser sur place, sur la scène. Nous la chercherons pendant l'entracte...

— L'entracte ? fit le Substitut, étonné. Ils vont continuer de jouer ?

— Faucon est mort, mais ils n'ont plus besoin de lui, puisque César est mort, lui aussi... Si cela ne dépendait que de moi, j'arrêterais tout et j'emmènerais tout le monde au commissariat pour les interrogatoires. Mais le metteur en scène hurle, et aussi l'administrateur des Arènes, que je n'ai vu qu'un instant... Si on arrête, il faut rembourser, ils sont ruinés !... Sans compter les réactions de la foule, quand il faudra lui dire que son idole a été assassinée !... Je voudrais bien, Monsieur le Substitut, que le Parquet prenne une décision, dans un sens ou dans l'autre... Moi, j'appliquerai...

Une furie hurlante entra en courant.

Calphurnia !... Extravagante et superbe...

Quelqu'un était allé lui apprendre la nouvelle, dans sa loge, où elle était en train de refaire son maquillage. Son rôle était terminé, comme celui de César, mais elle voulait être au mieux de sa beauté pour le salut final.

Egarée, tournant la tête de tous côtés, elle cria :
— Victor ! Victor ! Où es-tu ? Qu'est-ce qu'il t'a fait ?

Elle le vit, étendu à terre, misérable, réduit à rien. Elle porta son poing à sa bouche et le mordit, étouffant son hurlement.

Tragédie ! Comédie !... pensait Mary. Mais il se rendait compte que sous l'excès de l'expression extérieure il y avait une émotion réelle.

Enveloppée d'un peignoir-éponge vert pâle, à demi démaquillée, la bouche écarlate, un œil bleu jusqu'à la joue, l'autre sans cils, ses cheveux hérissés, couleur de blé, elle était belle comme un ange fou. Très jeune, beaucoup plus qu'elle ne le paraissait sur la scène, coiffée de la perruque noire et les lèvres pleines de Shakespeare...

« Encore une jeune proie pour le Faucon », pensait Mary. Il savait qu'elle était sa maîtresse, et la femme d'un des autres acteurs. Lequel ?

Elle se jeta sur Casca en l'injuriant. Elle l'accusait d'avoir tué Faucon, le traitait d'assassin et d'impuissant, et appelait sur lui la guillotine, les couteaux et les fusils, et criait et pleurait, et plus les fards fondus et l'enflure des larmes ravageaient son visage, plus il devenait beau.

C'était donc lui le mari... Jaloux ?... Oui, on pouvait tuer pour une fille aussi belle...·

Casca se défendait sans méchanceté contre elle, tenait ses mains qui voulaient lui griffer le visage, cherchait à la calmer d'une voix grave et tendre...

— Allons, allons, calme-toi, calme-toi... Ne fais pas l'enfant...

Il était nettement plus âgé qu'elle. Haut et large, avec un visage rectangulaire sans grand caractère. Dans son regard posé sur elle il y avait de la pitié, du souci, et visiblement beaucoup d'amour...

Mary consulta la liste des conjurés qu'il avait rapidement dressée d'après les indications du régisseur : *Casca :* nom de théâtre Paul Saint-Malo, nom d'état-civil Eugène Godivel.

Il décida de commencer ses interrogatoires par lui. Les autres suspects confiés à la garde de ses hommes, il s'enferma avec Casca dans la loge de Faucon, dont il expulsa l'habilleuse bouleversée. Coup d'œil rapide autour de lui. Des vêtements pendus. Une écharpe rouge. Une écharpe en juillet ? Un immense bouquet de roses rouges, glaïeuls et canas rouges. Un tapis d'orient, rouge. Et un tableau authentique, la fameuse « Odalisque » rouge de Matisse, pas une copie, la vraie, que l'acteur emportait avec lui dans le monde entier. Cet homme s'enveloppait de rouge. De sang, de feu. Un démon, pensa Mary... Il faudrait

fouiller partout, ici et dans sa chambre, à l'hôtel... Tout à l'heure...

L'entracte était commencé. Mary avait envoyé
sur la scène cinq de ses hommes, déguisés en
Romains pour ne pas attirer l'attention du
public, avec mission de trouver l'arme du crime,
et tous autres indices, s'il y en avait.

— Asseyez-vous, dit-il à Casca.

— Bien sûr je suis cocu, Monsieur le Commissaire, mais je le suis beaucoup trop pour devenir assassin!... Vous avez vu ma femme... Vous la trouvez belle? Vous la voulez? Vous pouvez la prendre... Quand vous voudrez, où vous voudrez! Elle ne se refuse à personne... C'est sa génération qui veut ça... Baiser, comme ils disent, ça n'a pas plus d'importance que de manger un beafteck. L'essentiel, c'est que la viande soit bonne... Et pour le savoir, il faut y goûter... Alors elle goûte... Si j'avais dû tuer tous ceux avec qui elle a couché, rien qu'ici il manquerait déjà la moitié de la troupe. Et les figurants seraient bien entamés... Oui, bien sûr, j'exagère... Un peu... Mais c'est pour vous dire que question mobile il vaut mieux que vous cherchiez autre chose... Oui, je vous l'accorde, elle a montré beaucoup de chagrin devant le corps de Faucon... C'est une grande tragédienne... Vous ne l'avez pas vue dans *Phèdre*? Elle l'a jouée à Avignon, l'an dernier. Un metteur en scène dingue, un Tchécoslovaque, je ne vous dirai pas son nom, je ne peux pas le prononcer. Ils jouaient dans le hangar d'un expé-

diteur de fruits, au milieu des cageots. En blue-
jeans... Des acteurs qui ne savaient même pas
prononcer les « e » muets. C'est comme ça, maintenant, on avale tout... Mais *elle* était sensation-
nelle !... Je vous jure que ça fait quelque chose de
voir une furie de vingt ans incarner Phèdre, qui
est généralement interprétée par de vieilles
momies molles... Et qu'elle était belle ! On se
disait qu'Hippolyte était vraiment un pauvre con
de pas se la taper tout de suite, là, hop !...
Remarquez qu'il se la tapait après, derrière les
abricots, ça traînait pas... Celui-là aussi j'aurais
dû le tuer ?... Oh là là !... Un boucher il faudrait
que je sois... Non, ne me faites pas dire que je ne
l'aime pas... Je l'aime, bien sûr, comment ne pas
l'aimer ?... Mais qu'est-ce que c'est l'amour ?
Penser d'abord à soi ? Prendre ? Exiger ? Ou tout
faire, tout accepter pour que l'être qu'on aime
soit heureux ?... Elle venait d'avoir son Prix de
Tragédie quand je l'ai épousée. Une gamine...
Ambitieuse... Brûlante... Je l'ai eue parce qu'elle
savait que je lui ferais avoir des rôles. Un prix, du
talent, de la beauté, ça suffit pas pour travailler,
dans notre métier. Plus de vingt chômeurs pour
un acteur qui joue. Moi je joue tout le temps.
Parce que je peux jouer n'importe quoi. De
Shakespeare à Feydeau en passant par Offen-
bach... Oui, je chante aussi... Jamais des grands
rôles, mais toujours en scène... Et je l'y ai entraî-
née avec moi... Vous vous rendez compte d'un
cadeau, pour moi, cette fleur, ce volcan ? C'est
que je n'étais plus très... Vous me donnez combien ?... Vous me flattez, vous pouvez ajouter dix
ans... Eh oui... Alors, qu'elle ait vite sauté hors de

mon lit, c'était bien normal... Et puis elle cherchait une grande occasion, le cinéma, elles en rêvent toutes... Quand j'ai eu vent de ce festival, je l'ai proposée à Bienvenu, on se connaît depuis toujours. Je savais qu'il la montrerait à Faucon et que Faucon la prendrait, dans tous les sens du mot... Il l'a prise, bien sûr, elle est si belle, il ne pouvait pas la laisser passer. Et il lui a promis un grand rôle dans son prochain film, Hollywood, la lune... C'est ça qu'elle pleurait, tout à l'heure, Monsieur, la lune lui est tombée sur la tête... Il faudra que je lui trouve une autre occasion... Mais celle-là était de première... Et puis je me promettais du spectacle : lui qui a détruit tout ce qu'il a touché, tant de femmes et de garçons, à part sa Lisa qui est aussi sensible qu'une vache, je savais qu'avec Diane, c'était un tigre qu'il essayait de mettre dans sa poche. Elle allait le bouffer en trois coups de dent, avec les os et la peau, dès qu'elle aurait obtenu ce qu'elle voulait. C'est quelqu'un, ma petite Diane ! C'est pas un agneau !... Elle se serait pas laissé tailler des côtelettes... C'est dommage que ça ait fini comme ça... Dommage...

Non, ce n'est pas moi qui l'ai tué...

Non je n'ai vu personne le frapper... Ou plutôt si : tout le monde, avec nos lames en jus de boudin... Vous avez vu ce que c'est, ça couperait pas un yaourt en deux...

Quoi ? Faites voir... Non, ce n'est pas moi qui ai rédigé ce machin... Comme c'est curieux ! Alors vous étiez prévenu ? Evidemment vous ne pouviez pas faire grand-chose... Non, je ne soupçonne personne... Non, bien sûr, si je soupçonnais quelqu'un je ne vous le dirais pas... Non, je ne l'ai pas frappé au cou parce que je lui en voulais, mais parce que c'est dans Shakespeare. Lisez la brochure Garnier, Commissaire, vous verrez, c'est marqué : *au cou*.

— Je sais. J'ai lu.

Pendant que Mary procédait au premier interrogatoire, les hautes autorités, réunies dans la loge de Bienvenu, discutaient de la décision à prendre au sujet du spectacle : continuer ou interrompre ? Le maire, l'administrateur et Bienvenu plaidaient avec véhémence pour que non seulement la pièce continuât le soir même, mais aussi pour que les représentations prévues pour le lendemain et le surlendemain aient également lieu.

— Mais vous n'avez plus de César ! dit le Substitut.

— J'ai Firmin !

— Qui ?

— Sa doublure... Il joue Trebonius. De tous ceux que la mort de Faucon réjouit, il est certainement le plus heureux : enfin une chance !... Il a doublé Faucon dans tous ses rôles. Jamais pu le remplacer ! Jamais malade, Faucon !...

— Vous dites « ceux que la mort de Faucon réjouit ». Qui voulez-vous dire par là ? interrogea le Commissaire principal.

— Tous ceux qui ont travaillé ou couché avec

lui... Ou pas pu travailler pas pu coucher... Ça fait du monde...

— Mais, insista le Substitut, le public venait pour Faucon. Sans Faucon, vous n'aurez personne...

— Les places sont déjà vendues, dit vivement l'administrateur. Si nous ne jouons pas, nous devrons les rembourser. Ce sera un désastre financier, pour la ville.

— Vous ne vous rendez pas compte, appuya Bienvenu : ils ne verront pas Faucon, mais ils viendront voir l'endroit où il a été tué ! Et ils sauront que parmi les acteurs qui sont en train de jouer devant eux se trouve son assassin ! Ils seront excités comme des poux !...

— Je crois que je pourrai en caser deux mille de plus dans les hauts gradins, dit l'administrateur. Et une centaine en bas, par-devant, et d'autres sur les côtés...

— Monsieur le Substitut, dit le Maire, pensez aux finances de ma ville...

— Les finances ne sont pas de mon ressort, dit le Substitut sèchement. Ce qui m'importe, c'est de saisir le coupable. Monsieur le Commissaire principal, est-ce que le fait de poursuivre le spectacle compliquerait votre tâche ?

— Pas précisément : nous connaissons tous les suspects, nous ne les perdrons jamais de vue. Et les prochaines représentations seront pour nous des reconstitutions parfaites des circonstances du crime. A moins que nous n'ayons arrêté le coupable avant...

— Ce que j'espère, dit le Substitut d'une voix glacée. Quel est votre avis, Monsieur le Préfet ?

— Eh bien je... C'est-à-dire... Hum...

— Je vois, dit le Substitut. Eh bien, c'est d'accord : continuez, Messieurs, continuez...

Bienvenu sortit en trombe. L'entracte durait déjà depuis quarante minutes. Le public commençait à s'impatienter, et interpellait les policiers-plébéiens qui, courbés vers le sol, se livraient à une sorte de lent ballet désordonné. Un des hommes s'agenouilla, et introduisit un doigt dans une mortaise du plancher. Un spectateur lui cria :

— Hé ! zozo, qu'est-ce que tu cherches ? Tu as perdu tes pruneaux ?

Une houle de rire monta jusqu'aux étoiles.

— Ça va, dit Bienvenu, ils sont de bonne humeur, ils ne savent encore rien.

Il demanda à l'homme du son :

— Par hasard, tu n'aurais pas un *requiem*, dans tes bandes ?

— J'en ai trois ! Je les emporte toujours, tu imagines pas comme c'est utile ! Lequel tu veux ? Mozart, Campra, ou de Lassus ?

— Celui que tu voudras... Tu l'enverras, à la fin, après les saluts, à la place des trompettes... Je te ferai signe...

Il se tourna vers l'électricien :

— Fais-leur un appel, à ces cons-là, qu'ils sortent !

Les lumières s'allumèrent à plein et s'éteignirent trois fois. Sans se troubler, les policiers continuèrent leurs recherches.

— Les connards ! dit Bienvenu. Tant pis, allons-y. Après tout, ils ne nous gênent pas, ils ont le droit d'être là : c'est le peuple de Rome !

La représentation continuait...

Le commissaire poursuivait les interrogatoires des « conjurés » qui n'avaient plus à entrer en scène. Pour Brutus et Cassius il devrait attendre. Ils restaient sur le plateau jusqu'à la fin.

Antoine soulevait Rome contre Brutus, tuait ou bannissait les notables suspects de complicité dans le complot, et marchait avec ses troupes contre celles qu'avaient réunies Brutus et Cassius.

Des autocars aux fenêtres grillagées débarquaient à proximité des Arènes, une compagnie de CRS. Une ambulance emportait vers la morgue le corps de Faucon, avec le Dr Supin qui allait, à la demande du Commissaire principal, procéder à un examen plus approfondi du cadavre. L'autopsie ne pourrait être pratiquée que le lendemain.

La foule poussa un « Oh ! » profond de surprise : une projection gigantesque illuminait la statue de Pompée, la transformant en personnage animé : le spectre de César apparaissait à Brutus...

*— Nous nous reverrons à Philippes !*

La voix enregistrée de Faucon, lente, ténébreuse, semblant résonner du fond des abîmes, s'entendit jusqu'en dehors des Arènes. Le spectre leva lentement ses deux mains sanglantes, et se fondit dans l'obscurité. Dans le ciel, du côté du couchant, l'ombre de l'orage lointain se rapprochait avec une lente obstination de pachyderme, avalant les étoiles et jetant dans la nuit les signaux pâles de ses éclairs. Il faisait chaud et moite sous la tente des loges. Les roses s'étaient ouvertes et plusieurs, exténuées, commençaient à se défaire. Leur parfum devenait une odeur qui se mélangeait à celles des fards. Mary s'épongea le front, ôta son veston et l'accrocha par-dessus l'écharpe rouge. Il fit signe à... Comment s'appelait-il ? Il consulta sa liste :

*Ligarius :* Signorelli, André, dit Larbi, garde du corps de Faucon. Célibataire.

— Asseyez-vous...

Avant de s'asseoir, Signorelli se débarrassa de ses vêtements romains et resta vêtu uniquement de son caleçon court à rayures jaunes et bleues, et des sandales lacées de son personnage. Son torse luisant de transpiration apparut aussi osseux que musclé. Sans doute fort comme un tracteur, pensa Mary, mais peut-être guère plus rapide... C'était un ancien gendarme du GIGR, que Faucon avait pris à son service. Cheveux châtains, plats, coupés court. Mary l'avait débarrassé, lors de la première fouille, d'un pistolet militaire calibre 9. Une arme un peu lourde, mais sûre, qu'il portait coincée dans sa ceinture, sous la toge. Il sentait la sueur et le déodorant bouilli. Mary recula d'un pas, se rapprochant du bouquet. Il préférait l'odeur fanée des roses...

Je n'ai rien vu, je ne pouvais rien voir ! J'ai fait ce que Bienvenu m'avait indiqué, j'ai tourbillonné autour de lui, comme les autres, je l'ai frappé, comme les autres, mais ce que les autres faisaient exactement je ne pouvais pas le voir, il y en avait toujours un ou deux qui étaient derrière lui quand j'étais devant et vice versa !... Et les projecteurs dans les yeux ! Moi je n'ai pas l'habitude de ces trucs-là, ça vous aveugle aux trois quarts. Il a fait deux ou trois fois « Ha !... Ha !... » comme quand on reçoit un coup de poing, mais j'ai pensé que c'était dans son rôle...

Ce qu'on raconte ? Oui, c'est vrai, et c'était même pire... J'ai assisté à tout, il ne voulait pas que je le quitte... Oh non ça ne m'excitait pas ! Il aurait fallu être dingue... Il m'a engagé il y a trois ans, au moment de sa fameuse croisière dans les îles grecques. Il avait loué le plus beau yacht de la Méditerranée et y avait embarqué une dizaine de garçons et de filles superbes... Si j'avais dû le tuer, c'est à ce moment que je l'aurais fait. J'ai eu plus d'une fois l'envie de le balancer à la flotte. Mais toute la mer n'aurait pas suffi à le nettoyer... Il avait raconté à ces gamins et ces gamines qu'il allait tourner un grand film sur les Saturnales et qu'il choisirait les plus beaux, les plus belles, les plus « libérés » pour être ses partenaires. C'était du bidon. Il n'y avait pas plus de film en projet que d'ours blanc au Sahara... Il les avait choisis un peu partout où il passait. Pendant six mois. Rendez-vous au Pirée à telle date. Ceux qui n'ont pas pu venir ont eu de la chance...

Des orgies ? C'est un mot bien banal, et un peu ridicule. Ce qu'il voulait, ce qui l'amusait, c'était détruire. Ce qui était neuf, frais, il le passait au pilon de la drogue, de l'alcool et du sexe à tout-va, comme les ménagères de mon pays écrasent les gousses d'ail pour faire l'aïoli.

Quelle drogue ? Toutes... Il en avait toujours, à volonté. Quand on a assez d'argent, ce n'est pas difficile. Ce n'est dramatique que pour les fauchés. Ceux qui peuvent s'en offrir autant qu'ils veulent n'en ont d'ailleurs pas envie. Lui n'en prenait pas. Le cuisinier qui jette les poissons dans la friture n'y trempe pas ses doigts !... De même, il participait à peine aux parties de sexe. Juste assez pour exciter les autres, et bien remuer la sauce... Ce qui s'est passé sur le yacht, vous pouvez le voir exactement, si ça vous amuse : il a pris des films, il en prenait toujours, il a des mètres cubes d'archives, je sais où elles sont. Je ne sais pas pourquoi il gardait ça : il ne les montrait à personne, il ne les regardait jamais.

Il a débarqué tout le monde au Pirée, avec de l'argent pour les retours. Je ne pense pas que beaucoup aient retrouvé leur pays, leur milieu.

Ils étaient atteints de pourriture... Vous savez, comme une pêche qui a juste une petite tache ronde, couleur caca, dans sa joue rose...

Il n'a gardé avec lui qu'une fille, qui paraissait intacte, peut-être parce qu'elle était très amoureuse de lui. Les photographes les ont mitraillés ensemble. Vous vous rappelez les titres de la presse pour les lecteurs mangeurs de conneries : « la nouvelle fiancée de Faucon ». « L'idylle sous l'Acropole »... De quoi vomir ! Vous ne vous rappelez pas ? C'est vrai qu'il y en a eu d'autres... Moi, celle-là je ne l'ai pas oubliée... Je l'ai vue toute nue... Les autres aussi bien sûr... Mais elle... Elle était si belle, si fraîche, si innocente, de haut en bas... Et elle l'aimait tellement...

Elle avait réussi à se tenir à l'écart des parties de jambes en l'air. Elle ne regardait que lui. Elle était la seule avec qui il n'avait pas couché ! Il faisait semblant de ne pas la voir. Au Pirée, quand il a renvoyé tout le monde, elle a fait sa valise, elle pleurait. Et il l'a gardée ! Il n'a gardé qu'elle ! Elle était folle de joie ! Elle a cru qu'elle l'avait gagné... La pauvre petite...

On est reparti. Et alors il s'est occupé d'elle. Je vous jure qu'il s'en est occupé !... Elle était seule avec lui, elle n'avait plus peur de rien... Plus de concurrence... Pour lui plaire elle a accepté ce qu'il demandait. Pour coucher avec lui, elle devait d'abord coucher avec un autre, devant lui... Il n'y avait plus personne ? Si Monsieur : l'équipage... Et lui, le plus souvent, après, se dérobait... Il la consolait avec de l'herbe, d'abord, puis de l'héroïne... C'est là que j'aurais dû le tuer. J'ai failli le faire, un soir où il regardait en souriant le cuisinier, un énorme porc sale, s'approcher d'elle... Vous avez vu mon pistolet... Avec lui je tue une puce à vingt mètres. Je l'ai toujours à la ceinture.. J'ai posé ma main dessus... Je ne l'ai pas sorti... Pourquoi ? Ça va vous paraître idiot : conscience professionnelle et dix ans d'obéissance militaire ! Il m'avait engagé pour le défendre... Même contre moi... Quand nous sommes arrivés à Marseille, il lui a dit que c'était fini. Il l'a débarquée en plein désespoir, avec une bonne provision d'héroïne... Il l'appelait Sophie, je ne sais pas si c'était son vrai nom...

Lui, il restait intact, en acier inox. Eh bien, quelqu'un a tout de même trouvé la jointure pour y glisser un couteau... Il a bien monté son coup... Vous ne le prendrez pas... Du moins je l'espère...

Pourquoi je ne l'ai pas quitté ? J'avais un engagement, Monsieur. Un contrat. Il se terminait dimanche dernier. Je ne l'ai pas renouvelé. Il m'a donné une prime pour rester jusqu'à la fin du festival. Il n'était pas chien, pour l'argent. Il me payait bien, très bien. Et je ne dépensais rien, toujours avec lui, il réglait tout. J'ai mieux qu'une retraite. Mais je ne sais pas ce que je vais en faire. J'ai pris la pourriture près de lui, Monsieur. Plus rien ne m'intéresse. J'ai de quoi vivre. Mais vivre, je ne sais plus...

Dans la plaine de Philippes, la bataille faisait rage. Les soldats rouges de Brutus et Cassius subissaient l'assaut furieux des soldats blancs d'Antoine et Octave. Les fantassins s'affrontaient à grands coups d'épée ; les cavaliers, lance basse, surgissaient des défilés de chaque côté de la scène ; les archers descendaient du haut des deux volées d'escaliers, lentement, par six de front, ensemble, s'arrêtaient toutes les trois marches pour tirer une volée de flèches invisibles, et repartaient.

Au spectacle du combat antique, la bande sonore ajoutait le fracas d'une grande bataille moderne, détonations, hurlements des missiles, crépitements des armes automatiques, piqués des avions, grondements des chars. C'était le visage éternel et infernal de la guerre. Des explosions de feu et de fumées jaillissaient du sol. Dans un tourbillon de vapeurs, le spectre géant de César apparut une deuxième fois, nimbé des volutes vertes d'un laser.

Brutus comprit que tout était perdu. Les soldats rouges cédaient, fuyaient. Les soldats blancs occupaient la plaine. La fin était proche.

Mary quitta la loge de Faucon pour s'assurer de Brutus et Cassius afin de les interroger aussitôt. L'un et l'autre venaient de se suicider. Antoine, en sa cuirasse blanche, s'inclinait devant le corps de Brutus, et rendait hommage au désintéressement de son action et à son courage, en prononçant les mots fameux : « C'était un homme ! », mots qui avaient une résonance étrange pour ceux qui connaissaient les goûts de l'acteur jouant Brutus. Mais personne, sur la scène ou dans la coulisse, n'eut envie d'en sourire, et le public n'était pas au courant...

L'aventure et la pièce étaient terminées. Sur le plateau, au milieu des fumées, les morts rouges et les morts blancs se relevaient pour venir saluer. Les soldats et les plébéiens d'abord, ensuite les petits rôles, s'inclinaient vers la droite, vers le centre, vers la gauche... Puis ce furent Cassius, Antoine et les deux femmes. Calphurnia avait surmonté son chagrin pour venir saluer. On ne rate pas le salut ! Sa main gauche était dans la main d'Antoine. Sa main droite cherchait quelqu'un : Brutus. Brutus qui aurait dû être là et n'y était pas...

Antoine jeta un coup d'œil rapide vers le fond de la scène, puis s'inclina, donnant le signal d'un salut général. Doublé, triplé. Les applaudissements montaient en rafales. C'était le moment où César, venant des lointains de la scène, devait apparaître pour saluer, entre Antoine et Calphurnia d'abord, puis tout seul, en gloire.

Mais César n'arrivait pas. Les acteurs s'inclinaient quatre fois, cinq fois, et toujours pas de César. Et Brutus restait absent...

Le public commença à crier le nom de son idole : « Fau-con ! Fau-con ! » Brutus ne l'intéressait pas. Il ne s'était même pas rendu compte qu'il manquait. C'était Faucon qu'il voulait. Le chahut grandissait. Bienvenu s'avança au-devant des autres acteurs, indiquant ainsi qu'il allait faire une annonce. Le silence s'établit, après quelques sifflets venus du plus haut des Arènes. Bienvenu leva les deux bras, les laissa retomber quand le silence fut absolu, et parla :

— Mesdames, Messieurs, l'immense acteur que vous acclamez ne pourra pas paraître devant vous...

— Oh ! Oh ! Oh ! protesta la foule.

Et la houle recommença, roulant de haut en bas des gradins et se multipliant au creuset de l'arène :

— FAU-CON ! FAU-CON ! FAU-CON !

Bienvenu leva de nouveau les bras. Qu'avait-il à dire ? La curiosité ramena le silence. Bienvenu reprit :

— Victor Faucon a succombé ce soir sous les coups d'un assassin !...

Le long « Oh ! » de la foule fut de stupeur et d'incrédulité. Ce n'était pas vrai, pas possible !

Bienvenu continua :

— Pendant que les conjurés faisaient semblant de le frapper, l'un d'entre eux lui a porté volontairement un coup mortel... Génial acteur avant tout et par-dessus tout, Faucon, sans se plaindre, a tenu son rôle jusqu'à son dernier souffle. Il est mort en même temps que César, sous vos yeux...

Pour chaque spectateur, et surtout pour chaque spectatrice, ce fut comme si son idole venait de mourir entre ses bras. Il y eut des cris, des hurlements, des sanglots, des évanouissements, des crises de nerfs, qui risquaient de s'amplifier et de s'agglomérer en une hystérie collective.

— Il est cinglé, ce type ! cria Gobelin. Qu'est-ce qui lui a pris ? Il aurait dû nous prévenir ! Il n'aurait pas dû faire ça ! Il vous avait prévenu, Mary ? Vous le saviez ?

— Non, non, pas du tout !..

— Merde ! Si ces vingt mille deviennent fous, qu'est-ce qu'on va faire avec nos trois douzaines de CRS ? Est-ce qu'ils ont des lacry ?

— Je ne sais pas...

— Vous ne savez jamais rien ! Vous le faites exprès ou quoi ?

Georges, le régisseur, venait en courant d'apporter un micro à Bienvenu. La voix amplifiée de ce dernier écrasa les sanglots et les cris qui se multipliaient.

— Mesdames, Messieurs, vous tous qui l'avez admiré et aimé, je vous demande de rester dignes de lui dans votre douleur. La police est sur les traces de l'assassin qui ne tardera pas à être arrêté. Je vous invite, maintenant, à vous lever et à observer, en hommage au plus grand des acteurs, une minute de profond silence !...

Gobelin en resta coi. L'hystérie avait été tranchée à la base. Il grogna :

— Ce type-là connaît le public !... Chapeau !...

Mary scrutait la scène avec ses jumelles. Mais où donc était Brutus ?

La minute de silence terminée... au bout de trente secondes, Bienvenu fit un geste discret de la main en direction de la cabine du son, et les voix graves, lentes, d'un chœur d'hommes, emplirent le vaisseau de pierre, baignant le public, qui commençait à s'écouler, dans l'immense sérénité du *Requiem* de Roland de Lassus. Requiem..., qu'il repose... paix au mort..., et paix aux vivants.

La paix fut brusquement troublée par la voix du régisseur qui s'était emparé d'un micro :

— Mesdames, Messieurs, les représentations prévues pour demain et après-demain auront lieu comme... comme prévu... Le rôle de César sera tenu par le grand acteur Firmin Torrent, élève et ami de Faucon. Merci...

Mary courait et grimpait sur la scène, suivi de deux de ses hommes. Un petit groupe était en train de s'agglutiner autour de quelqu'un étendu au fond du plateau, le seul mort qui ne s'était pas relevé pour saluer... Brutus ? Mary eut un coup au cœur. Qu'est-ce qui nous arrive encore ?

Ce n'était pas Brutus... Seulement un figurant qui avait trop forcé sur le vin de l'Aude. Dès le début de la bataille il s'était laissé tomber, allongé, et endormi, et il ne parvenait pas à se remettre debout.

— J'ai plus de jambes !... Merde j'ai plus de jambes !... La chaleur, moi ça me coupe les jambes !

Mary trouva Brutus dans sa loge, étendu sur un étroit divan, encore en costume de scène, non démaquillé, les yeux fermés. Il ne dormait pas. Des larmes mouillaient les bords de ses paupières closes.

Il avait eu le courage de jouer, mais pas celui de venir saluer. Quand le commissaire essaya de le questionner, il fit « non, non... » de la tête, sans rouvrir les yeux. Il ne voulait pas répondre, il ne pouvait pas...

La loge était banale, à part le grand coussin de velours mauve sur lequel reposait la tête de Brutus. Un chien frisé y était peint. Un loulou blanc.

L'autre élément personnel était une grande photo de Faucon, accrochée à la cloison de toile, en face du divan. Encadrée d'une baguette dorée. Par terre, devant la photo, brûlait une bougie fixée dans un cendrier. Et une grosse rose rouge se fanait dans un verre sans eau.

Mary laissa avec Brutus Biborne qui savait si bien se montrer compatissant et faire parler les obstinés du silence. Quand Mary fut sorti, Biborne repéra une bouteille de Volvic, et donna à boire à la rose.

Gobelin avait fait emmener tous les suspects au commissariat, tels qu'ils étaient, en Romains, sans leur laisser une minute pour se démaquiller. Il les fit fouiller minutieusement. Ils étaient trop fatigués et assommés par la mort de Faucon pour avoir la force de protester. Casca et Ligarius, déjà interrogés et fouillés, avaient reçu l'autorisation de rentrer à l'hôtel. Un policier montait la garde devant chaque chambre. Brutus avait fini par s'endormir sur le divan de sa loge. Biborne avait tiré l'unique fauteuil en travers de la porte et s'était, lui aussi, endormi.

Il restait à entendre Cassius, Cimber, Cinna et Trebonius, doublure de Faucon. Mary s'y attaqua dès qu'il revint au commissariat.

Auparavant, il copia pour le Principal la liste des rôles avec les noms correspondants des acteurs et leur nom d'état civil, quand il les avait. Mais dans son esprit il continuait à désigner chacun par le nom de son personnage, bien qu'il se rendît compte que cela risquait de fausser son enquête, en l'incitant à attacher plus de soupçons aux chefs du complot théâtral qu'aux obscurs conjurés qui n'avaient dit que quelques mots. Il ne devait pas oublier que *tous* avaient frappé avec leurs armes de guignol, que chacun avait eu la possibilité d'utiliser une arme réelle. Et celui qui avait la meilleure raison de tuer Faucon n'était pas forcément celui qui souhaitait le plus la mort de César.

Gobelin, qui parcourait des yeux la liste des acteurs se mit soudain à rire :

— Vous avez vu comment s'appelle la femme de César, de son vrai nom ?

— C'est Diane Coupré, dit Mary.

— Ça, c'est son nom de théâtre, mais son vrai nom, d'état civil ? Vous n'avez pas vu ?... Vous l'avez copié deux fois, et vous l'avez oublié aussitôt !... Vous ne voyez rien, vous ne savez rien, vous oubliez tout !... Je sais, je sais, c'est votre méthode... Pendant ce temps, votre subconscient travaille... Eh bien il a du boulot !...

— Je n'oublie pas... Pas exactement...

— Je sais ! Mais il y a des moments où ça m'exaspère !... Elle s'appelle Thérèse Louise Couchaupré, la petite !... C'est pas joli, ça, pour une pute ?

— Ce n'est pas une pute...

— Vous m'avez dit qu'elle couchait avec tout le monde...

— Oui... Les putes ne couchent qu'avec ceux qui paient...

Dans la pièce à côté, les Romains mangeaient des sandwiches et buvaient de la bière qu'un agent était allé leur chercher à la buvette de la gare, heureusement à proximité. Tous les autres cafés étaient fermés. Après l'effervescence qui

avait agité les derniers buveurs lorsque la nouvelle s'était répandue, chacun était rentré chez
soi et Nîmes dormait, rues désertes et portes
closes. A l'ouest du ciel, au bout des étoiles,
l'orage continuait à clignoter, sans bruit, semblant s'éloigner ou s'assoupir.

Pour les policiers, il n'était pas question de dormir...

Mary poursuivit les interrogatoires par celui d'Alfred Hamelin : Nom de théâtre : Pierre Carron, 45 ans, veuf. Rôle : *Cassius.*

— Je suis crevé, Commissaire, on ne pourrait pas remettre ça à demain ? De toute façon je n'ai rien à vous dire, je n'ai rien vu d'anormal, rien que des gestes de théâtre, comme on les avait faits pendant les répétitions. Je crois que vous devez vous tromper, Faucon n'est pas mort, il ne crèvera jamais ce salaud... Bien sûr, n'importe lequel d'entre nous a pu doubler son geste faux par un geste vrai, ça allait vite et on se déplaçait, et tout le monde le frappait, même si c'était faux ça faisait plaisir. Moi je dois avouer que j'en ai rajouté, je l'ai poignardé deux ou trois fois de plus que j'aurais dû. Ça soulageait. Il sentait bien la haine qui lui tourbillonnait dessus, il faisait « Ha ! Ha ! » comme si on l'avait percé... C'était un sacré acteur, il faut le reconnaître. Celui qui l'a vraiment frappé a fait du bon travail. Je ne l'ai pas vu...

Ma femme ? Oui, c'était une actrice, vous ne devez pas connaître son nom, elle n'avait pas une grande notoriété. Ni un grand talent, il faut être juste. Oui, elle connaissait Faucon, nous avions déjà joué avec lui il y a quatre ans, *Le Cid*, trois représentations au Palais de Bercy. Monté par Bienvenu... Non, Faucon ne jouait pas Rodrigue, il aurait pu, il pouvait avoir vingt ans, ou même dix-huit, s'il voulait. Il aurait été formidable. Mais Rodrigue, c'était trop fatigant ! Il jouait le Roi. Un rôle comme il les aimait, presque rien à dire, mais dès qu'il entrait en scène il écrasait tout le monde. Et c'était lui qui terminait la pièce... Vous connaissez le dernier vers, qui paraît si plat quand on le lit :

*Laisse faire le temps, ta vaillance et ton roi...*

Eh bien avec lui c'était à la fois d'une simplicité et d'une majesté fantastiques. Un roi pareil ! On aurait couru pour faire partie de ses sujets ! Le salaud !...

Ma femme ? Elle jouait la confidente de Chimène. Elle était bien, très bien... 35 ans... C'était plus une gamine... Mais elle paraissait moins que son âge... Nettement moins...

... Un accident. L'été qui a suivi. On jouait *Le Cid* à Vaison-la-Romaine. Mais sans Faucon. Le Théâtre Antique de Vaison est très beau, mais pas assez grand pour le public de Faucon. Il est parti en croisière. Il pouvait se le permettre. Il se permettait tout...

... Elle a été renversée par un autocar... Plein d'Allemands... Le chauffeur a déconné... Il a dit qu'elle s'était jetée. Il a dit ça pour dégager sa responsabilité... Les témoins ont bien vu : il rasait le trottoir, et il allait trop vite. Il l'a cueillie... C'était un accident, rien de plus... Elle n'avait aucune raison de se jeter sous les roues... Elle travaillait... On s'entendait bien... Elle était heureuse... Enfin comme tout le monde...

Faucon ?... Vous pouvez ravaler vos sales suppositions... Il ne la regardait même pas... Je ne suis pas sûr qu'il se soit aperçu de son existence...

Elle est restée huit mois sous perfusion, dans le coma absolu. Une morte qu'on maintenait en vie. C'est affreux, Commissaire... Quand j'allais la voir à l'hôpital, immobile dans son lit, les yeux clos, avec des tuyaux qui lui sortaient de partout, mais surtout immobile, tellement immobile, pire qu'une chose, je me demandais : « Qu'est-ce qui se passe dans sa tête ? Est-ce qu'elle sait dans quel état elle est ? Comme enfermée dans une boîte soudée... Sans une seule ouverture... Est-ce qu'elle essaie de communiquer ? Elle voudrait peut-être parler... Et elle ne peut pas... Tout est fermé autour d'elle... Hermétique... »

Moi je lui parlais, doucement, je me disais qu'il y avait une petite chance pour qu'elle m'entende, je lui disais que ça allait mieux, qu'elle allait guérir, qu'à la rentrée on allait reprendre *Le Cid* à Chaillot, qu'elle serait remise à temps... Et puis je m'arrêtais, parce que je me disais si elle t'entend et qu'elle ait envie de te répondre sans pouvoir dire un mot, même une syllabe, ça doit être horrible... Et je m'en allais, pour qu'elle ne me sente pas pleurer...

On dit que dans un pareil cas ce n'est plus qu'une mécanique, le corps continue d'exister, mais à l'intérieur il n'y a plus personne ; je suis sûr du contraire... Il y avait quelqu'un... Elle était là... Enfermée...

Et puis un jour elle n'a plus été là. Tout s'est arrêté. Je suis persuadé que le médecin responsable l'a débranchée. Il a bien fait...

Vous me permettez d'aller me coucher ?

C'était David Guterman, un jeune réalisateur de FR 3 Nîmes, qui avait été chargé de la « mise en boîte » de *Jules César*, en vidéo. Une chance, pour lui. A cause de la personnalité de Faucon, ce serait diffusé non seulement par Paris mais par toutes les télévisions francophones. Il se battit comme un diable pour obtenir quatre caméras fixes et deux portables. Il reçut de Bienvenu et de Georges, le régisseur, toute l'aide qu'ils pouvaient raisonnablement lui accorder. On ne pouvait tout de même pas le laisser s'installer sur la scène ! Il comprenait très bien, il n'en demandait pas tant. Bienvenu lui fixa des emplacements qui lui donnèrent satisfaction. Et pour ses caméras volantes des itinéraires qui ne devaient, ni gêner les acteurs, ni distraire l'intérêt du public. Elles ne pourraient pas voir grand-chose... On ne pouvait pas faire mieux. Tant pis, ça irait comme ça...

Quand il apprit qu'il avait, sans s'en rendre compte, enregistré l'assassinat de Faucon, il devint fou d'excitation, et toute son équipe avec lui. Ils visionnèrent la scène, chacun trouva un coupable différent... Guterman téléphona à Paris, réveilla le Président de Chaîne, lui passa la scène par câble, le Président ne vit rien, la fit enregistrer, la regarda encore et encore...

La nouvelle avait atteint les agences de presse, c'était trop tard pour les journaux parisiens du matin, déjà bouclés. Les télex la répercutèrent dans le monde entier. A New York c'était l'heure du dîner, à San Francisco le début de l'après-midi, au Japon le petit déjeuner, à Pékin le réveil. Pendant que l'Europe dormait, la scène de l'assassinat, catapultée par satellite à trois cent mille kilomètres à la seconde, fut recueillie et aussitôt diffusée par toutes les télévisions des autres continents. Moins l'URSS, qui prenait le temps de réfléchir.

Guterman vint lui-même la projeter au commissariat devant les policiers encore présents.

Le Commissaire principal, qui n'avait pas assisté à la représentation, découvrit avec un double intérêt les personnages et leur action. Il se fit repasser la séquence plusieurs fois, au ralenti, à l'accéléré, à l'envers, en succession d'images arrêtées. Posa des questions :

— Qui c'est, celui-là, à droite ?

— Cassius, dit Mary.

— Et celui qui lève le bras, derrière ?

— Il est caché... Je ne sais pas...

— Naturellement !...

Mary avait fait venir dans son bureau, où avait lieu la projection, tout ce que le commissariat, à cette heure tardive, contenait encore d'agents, de plantons, de secrétaires, de femmes de ménage en

112

service de nuit. Il voulait que le plus grand nombre possible de regards scrutât la scène. Peut-être l'un d'eux verrait-il quelque chose...

Ils virent, bien sûr... Ils virent l'assassin, ils en virent plusieurs... Mais vérification faite, image arrêtée, départ ralenti, dans un sens, dans l'autre, non, vraiment, ce n'était pas celui-là... Ni celui-ci... Ni cet autre... Ce pouvait être n'importe qui, au moment où il était dissimulé par les autres conjurés, ou par leur victime... Et ces moments se renouvelaient, au moins deux fois pour chacun.

— Eh bien, dit le Principal, il y en a au moins un qui ne se cache jamais et que nous pouvons mettre de côté. Ce petit Brutus...

— Il nous en reste six, dit Mary. J'en ai encore un au frais, à côté. Je vais l'interroger puis j'irai me coucher!...

— Lequel est-ce?

— C'est la doublure de Faucon, Firmin Torrent. 45 ans. Célibataire. Il jouait *Trebonius*. Il monte en grade : ce soir il va jouer César...

— Vous avez dû en entendre des vertes et des pas mûres, sur son compte ! Ils le haïssent tous, même mort. Jalousie... Parce que comme acteur, à côté de lui, il n'y en a pas un qui existe. Ils se voient comme ils sont : ordinaires... nuls... Moi aussi je suis un bon acteur ordinaire... Les génies, ça court pas les planches.

Jaloux aussi parce que le public l'adorait, parce que toutes les femmes l'aimaient. Il n'avait qu'à choisir... Il choisissait les plus belles, évidemment. Qu'est-ce que vous auriez fait à sa place ?... Il baisait... Et alors ?... Vous ne baisez pas, vous ?

Ce qu'ils ne vous ont pas dit, sûrement, c'est sa générosité. Ses héritiers, s'il en a, n'auront pas grand-chose à se mettre sous la dent : il donnait tout. Il s'offrait tout ce qui lui faisait plaisir, à n'importe quel prix, mais il lui restait des montagnes de briques, il avait des pourcentages dans tous ses films, les chèques arrivaient tous les jours, et à chaque nouveau film il augmentait ses prix. Personne ne discutait : lui sur l'écran c'était le maximum des recettes. Alors ce fric, il le donnait... On pouvait lui demander, il refusait jamais. Tous les orphelinats ; il envoyait du fric pour sauver les baleines, les bébés phoques ; il a acheté une propriété de mille hectares en Angleterre pour sauver les vieux chevaux de l'abattoir. Vous n'imaginez pas le nombre de vieux débris et de jeunes bons à rien qui vivaient de lui. Il a un secrétaire en Suisse qui ne lui sert qu'à ça : distribuer. Et qui s'en met plein les poches, vous pouvez être sûr... Il a envoyé de quoi planter un million d'arbres au Sahel. Une forêt contre le désert. Je suis sûr qu'il n'y en a même pas une douzaine qui ont leur pied dans le sable !...

Je lui disais : « Tu vois pas que tu te fais escroquer de partout ? » Il souriait, il me disait : « Qu'est-ce que ça peut faire ? » Je lui disais : « Si tu gaspilles tout, qu'est-ce que tu feras quand tu seras vieux, que tu pourras plus jouer ? » Il me disait : « Je pourrai toujours jouer, même si on doit me porter en scène... » Un jour il eut l'air de réfléchir, de penser à quelque chose, et il m'a dit : « Je ne deviendrai pas vieux... »

Non, je ne sais pas s'il pensait à quelqu'un qui le menaçait... Non, je ne connais personne qui aurait pu vouloir le tuer... Je veux dire qui était capable d'avoir le courage... En paroles, c'est autre chose...

Qu'est-ce qu'ils ont dû vous raconter !... C'était pas un saint, je vous l'accorde, mais il était surtout curieux, il voulait voir, savoir, essayer... Il était intelligent, peut-être trop...

Douze ans sans le quitter... Vous voyez que je pouvais le connaître... J'ai appris tous ses rôles... Ce soir je vais jouer César *pour lui*, en son honneur, parce qu'il était le plus grand, et parce que je l'aimais... Puis je quitterai ce métier.

Je lui dois la vie. Regardez...

L'homme était assis, le buste penché en avant, ses vêtements romains dégrafés, mouillés de sueur, tachés d'hémoglobine. Il parlait en agitant dans sa main droite la perruque noire de son rôle. Il planta sa main gauche dans ses courts cheveux gris bouclés et les arracha : c'était aussi une perruque. Il en avait maintenant une dans chaque main...

Son crâne apparut, nu, rasé, avec deux grandes surfaces quadrangulaires où le poil ne poussait pas, et qui donnaient l'impression d'être des couvercles de trappes fermés.

— J'étais dans le Boeing qui a sauté au décollage à Kennedy Airport, une bombe dans la soute, cent trente-deux morts, vous vous rappelez ? Non ?... C'est vrai que les bombes, maintenant, s'il fallait se les rappeler toutes... Moi j'étais en morceaux... J'allais rejoindre Faucon à San Francisco. Quand il a su que je vivais encore, il a loué un Jet, il est arrivé comme l'éclair, il a mobilisé les meilleurs chirurgiens américains. Ils m'ont travaillé pendant des heures, puis des mois... Vous voyez ma tête, mais j'étais cassé partout... Ce que ça a dû lui coûter, je n'ose pas y penser... Il n'y a pas la Sécu, là-bas, et les grands toubibs américains se font payer comme des stars. Je lui ai dit : « Sans toi, je serais mort. » Il m'a dit : « Déconne pas... »

A force de vivre à côté de quelqu'un on finit par apprendre des choses. Il était vachement renfermé, cadenassé, mais il s'est ouvert une fois, après mon accident. Ça nous avait rapprochés. Un soir je lui ai parlé de mes vieux, de mon enfance. J'ai été un enfant heureux, ma mère était merveilleuse, on était trois garçons, elle nous aimait comme des petits chats. Elle est morte quand j'avais huit ans. Faucon m'a dit « Tu as eu de la chance, qu'elle meure... » Il s'est déboutonné, il m'a raconté. Il était seul enfant. Son père était aux chemins de fer, contrôleur, avec une casquette et une sacoche. Dès qu'il partait, sa mère recevait des hommes. Par plaisir, et pour arrondir le budget, et elle enfermait son fils à clef dans la pièce à côté, qui était à peine plus grande qu'un placard. Il voyait rien mais il entendait tout. Ça a duré des années. Un jour il a tout dit à son père. Elle l'a traité de menteur et de vicieux. Ils lui ont tapé dessus tous les deux. Il a fichu le camp chez un oncle, qui était au courant. C'est lui qui lui a fait faire des études. Il a voulu devenir acteur. Je crois qu'il aimait jouer parce que ça l'empêchait de penser. Son enfance, je trouve que ça explique bien des choses. Il cherchait peut-être toujours à se venger de sa mère. Mais on vous en a dit plus qu'il en a fait.

Ce que je sais, c'est qu'il n'était pas un homme heureux...

Mary rentra chez lui à 5 heures du matin. Il lui fallait dormir deux ou trois heures, sans quoi il ne ferait rien de bon de la journée. Sa femme, Irène, sa Reine, ne se réveilla pas quand il ouvrit la porte de l'appartement, ni quand il poussa celle de leur chambre. Elle avait trop chaud, elle s'était dégagée du drap, en diagonale. Son épaule gauche était couverte, mais son épaule droite et sa fine jambe gauche nues. Au passage le drap cachait le bas de son ventre et son sexe. Elle était très pudique, et capable de recouvrir cet endroit-là même en dormant. Mais lorsqu'ils faisaient l'amour elle ne savait plus ce qu'était la pudeur.

Son visage était tranquille, avec un presque sourire sur sa bouche. Un visage de paix et en paix. Elle usait à peine de fards, et avant de se coucher barbotait de toute sa figure dans l'eau fraîche. Il en restait quelque chose sur elle, comme l'air au-dessus d'une source. Du drap émergeait en partie un sein adorable, qui dormait aussi.

Mary la regarda avec tendresse, avec amour. Elle n'était pas précisément belle, mais plus que cela : délicate, légère, franche, vive, vraie, dans ses traits, dans son cœur et dans son esprit. Ses cheveux châtains, mi-courts, en boucles naturelles, étaient à son image. Mary pensait : « Quelle chance ! Quelle chance j'ai !... Qu'ai-je fait pour mériter un tel trésor ? » Il eut envie de poser un baiser léger sur le petit nez rose du sein innocent, mais il eut peur de le réveiller, et elle avec. Il ramassa une revue, éteignit, alla s'étendre sur le divan de la salle-à-manger-salon-cuisine.

La revue était un ancien numéro de *Paris-Match* que sa femme avait dû ressortir en revenant des Arènes. La couverture, consacrée à Faucon à l'occasion de son dernier film, le représentait en gros plan, de face, regardant le lecteur.

Mary s'efforça de comprendre ce qui, dans ce visage, suscitait tant d'adoration et tant de haine. Le regard, sans doute. Les traits étaient réguliers, presque ordinaires. Les cheveux soyeux, blond foncé avec quelques pointes plus claires, couvraient le front et les oreilles, en liberté. Les yeux... De quelle couleur étaient-ils ? Quand il avait essayé de les lui fermer, penché sur son misérable cadavre, ils lui avaient paru marron, sombres... Sur la couverture de la revue ils étaient... Bleus ? Verts ? Gris ? Un mélange imprécis... On ne peut se fier à une reproduction... Ils regardaient très loin à travers le lecteur qui les regardait... Oui, on devait avoir envie de capter ce regard, de l'empêcher de se perdre ailleurs, besoin de le posséder tout entier, rien que pour soi, d'être la réponse exclusive, totale, à l'interrogation qu'il posait sur le monde...

Quelle interrogation ? Que voulait-il comprendre ? Quelle réponse cherchait-il, avec cette intelligence visible dans ses yeux, aiguë, solitaire, peut-être sans espoir ?

Mary haussa les épaules, bâilla, et s'endormit.

Il se réveilla brusquement deux minutes plus tard, écrasé d'angoisse. Pourquoi ? Rêvait-il ? Qu'avait-il vu ?

Il ne put se le rappeler. Mais une résolution inexorable pétrifiait son esprit. Il lui fallut quelques secondes pour se rappeler l'actualité, et mettre au conditionnel passé ce qui, dans son rêve, l'avait submergé au présent : « s'il s'en prend à ma Reine, je le tuerai. »

Oui, *s'il s'en était pris* à elle, il l'aurait tué...

En quelque sorte tranquillisé par cette décision gratuite, il se rendormit.

*Toi aussi, Brutus ?*

Il craignait d'être assailli par les journalistes à son retour au commissariat. Mais il ne trouva que deux reporters de la presse régionale qu'il connaissait, et qui l'attendaient devant la grille. Il bavarda brièvement avec eux, leur disant ce qu'il savait, c'est-à-dire rien... Ils le quittèrent pour rejoindre leurs confrères de la grande presse, parisienne et internationale, qui avaient investi l'hôtel Imperator. C'était là-bas que se trouvaient le croustillant et le juteux, les suspects, les deux femmes, Brutus qui était tout cela à la fois, et le grand metteur en scène toujours bavard... De quoi trouver à satisfaire, largement, l'avidité du public.

Il faisait déjà très chaud. Le temps paraissait encore plus lourd que la veille. Peut-être l'orage parviendrait-il à vaincre la résistance nîmoise et à apporter un peu de fraîcheur ? Mary s'épongea le front en traversant la cour du commissariat. Traverser le soleil entre l'ombre des arbres et celle du bâtiment lui parut une épreuve. Décidément, il n'avait pas assez dormi.

En franchissant les couloirs et montant les

escaliers, il eut l'impression que les secrétaires et les agents qu'il croisait le regardaient avec une envie de sourire. Il en comprit la raison en arrivant à son bureau, au 2e étage : devant sa porte était assis le Gros, sur une chaise de laquelle il débordait de partout.

Voyant arriver le commissaire, il fit un effort énorme pour se lever, la chaise gémit et craqua, Mary se précipita, effrayé, lui posa les mains sur les épaules, l'obligeant à se tenir tranquille.

— Ne bouge pas, surtout ! Ne bouge pas !... Qu'est-ce que tu fais ici ?

— Je t'ai apporté à manger, dit le Gros.

Il souleva vers lui un filet à provisions posé sur ses genoux. A travers les mailles, Mary vit un pain de campagne, un saucisson « jésus », une boîte de couscous, un litre de vin « Cémonrégal », du thon, des sardines, des biscuits, du gruyère sous cellophane, des nouilles Super, un melon, une salade, une boîte de six œufs, des petits pois surgelés qui s'égouttaient...

— Je sais qu'ils te donnent pas assez à manger à la pension, tu me l'as encore dit cette nuit, tu m'as dit apporte-moi à manger, tu m'as dit oublie surtout pas le chocolat... J'en ai pas trouvé, y en a nulle part, ils l'ont tout raflé, ils t'ont entendu, ils l'ont fait exprès, faut pas me parler si fort, ils entendent tout...

Il était vêtu d'un pantalon de coutil à rayures grises, immense, mais dont il n'avait quand même pas réussi à boutonner la ceinture, et d'un veston du même tissu, taillé façon montgolfière. Sa chemise kaki était trempée de sueur. Sa tête rose et ronde presque sans poils ressemblait à celle d'un énorme bébé de caoutchouc trop gonflé. « Ils me gonflent, ils me gonflent » disait sa lettre. Effectivement, il y a bien quelque chose qui le gonfle, pensait Mary. Quel microbe, quelle hormone déréglée, quel démon vicieux ?

Les nouilles ?...

— Tu n'as pas pris tes pilules, hier soir, lui reprocha-t-il gentiment.

— Non...

— Ni ce matin ?

— Non...

— Tu vas rentrer chez toi et les prendre, tout de suite !...

— Je veux pas rentrer chez moi, ils y sont, ils m'attendent. Je veux rester avec toi...

— Il ne me manquait plus que ça !... gémit Mary.

Tous ses collègues présents à l'étage regardaient la scène de la porte de leurs bureaux.

— Je veux que tu prennes tes pilules, dit Mary. Je vais les envoyer chercher... Donne-moi tes clefs... Où sont tes pilules ?

— Dans le beurre...

— Dans le beurre ?

— Je les ai enfoncées dedans, pour qu'ils les trouvent pas...

— Et où est le beurre ?

— Dans mes chaussettes bleues, dans l'armoire, entre les draps... Elles sont propres ! Y a longtemps que je les mets plus, je peux plus les enfiler... Ils auront pas l'idée de chercher là...

L'agent dépêché par Mary revint avec la chaussette bleue enveloppée dans le journal du matin. *Le Midi Libre* avait fait une édition spéciale. Un titre sur toute la une : CÉSAR ASSASSINÉ DEUX FOIS. Une grande photo en couleurs de Faucon, envahie par le beurre fondu...

Mary prit la chaussette du bout des doigts et réussit à en évacuer le contenu sur le journal étalé dans le lavabo.

— Il a bien choisi son jour, ton gros papa, dit Biborne qui le regardait faire en souriant. Il faudra que tu interroges le mignon Brutus mieux que je ne l'ai fait. J'ai l'impression qu'il se doute de quelque chose, il a vu quelque chose, mais il ne veut rien dire... Je lui ai posé quelques questions quand je l'ai ramené à l'Imperator, Je suis passé par le jardin ; c'est la foire, là-bas, y a la télé, des photographes comme s'il en pleuvait, des journalistes sur tous les fauteuils. Ils sont enragés parce qu'ils ont trouvé des flics devant toutes les chambres qui les intéressent.

— Brutus, c'est le premier que je veux voir aujourd'hui, dit Mary. Il a été plus près que n'importe qui pendant le meurtre. Dans quel état il est, ce matin ?

— Mieux, mais c'est pas brillant. Il faudra que tu y ailles molo...

— Ou peut-être le contraire... Va me le chercher... Emmène le petit Dupuy, et Brosset, qu'ils se mettent à fouiller sa chambre dès qu'il sera parti... Tu as un peu dormi, toi ?

— Comme un roi, dans le fauteuil... C'est le mignon qui m'a réveillé, pour sortir pour aller pisser...

Dans le beurre tourné en pommade coulante, les pilules avaient commencé à se diluer. Le commissaire réussit à en sauver six. Le Gros les avala docilement. C'était le double de la dose prescrite. Il s'endormit sur sa chaise. Les provisions du filet se répandirent autour de lui.

— Putain d'escalier ! dit Gobelin. J'y laisserai mon cœur !...

Il le disait tous les jours en arrivant, mais il n'en pensait rien. Il avait un cœur breton, en granit.

— C'est le coupable que vous avez trouvé ? demanda-t-il à Mary.

Celui-là était en train de réveiller le Gros avec une serviette mouillée. Un agent attendait pour le conduire à la clinique, dans la voiture du commissaire.

— Lui, c'est l'Innocent, dit Mary. Il n'y a qu'aux innocents qu'il arrive des saloperies pareilles.

— Je le sais bien, dit Gobelin. Où on en est ?

Il entra dans son bureau, s'assit en soupirant et commença à bourrer sa pipe.

— Vous en savez autant que moi, dit Mary. Le

dernier que j'ai interrogé, qui jouait Cimber, est un type d'ici, un jeune qui a fait un peu de théâtre par-ci par-là... Il n'a rien vu, il ne sait rien, et n'a rien à dire... Comme les autres... Mais lui n'est intégré à la troupe que depuis huit jours, pour remplacer un acteur qui s'est cassé la jambe. Je crois que comme suspect nous pouvons l'éliminer...

— Nous n'éliminons personne, dit le Principal.

— Bien entendu, dit Mary. J'ai envoyé chercher Brutus. Si quelqu'un a pu voir quelque chose, c'est lui... Pendant que les autres cognaient sur César, il était là à trois pas, immobile, en train de les regarder. Plus près que n'importe qui...

Le Principal serra le poing et frappa son bureau.

— Bon Dieu c'est vrai! Pourquoi ne l'avez-vous pas interrogé cette nuit?

— Il était K.O.

— Justement! C'était le moment ou jamais!...

— Il ne pouvait pas sortir un mot!...

— Vous croyez ça! Si vous l'aviez secoué, vous auriez vu qu'il aurait retrouvé des forces pour vous injurier! Vous ne ferez jamais un bon flic, Mary! Vous oubliez tout ce qui ne vous plaît pas, et vous êtes sensible comme une fille!... Enfin comme les hommes s'imaginent qu'elles sont... Je parie que vous avez pleuré quand vous avez vu E.T.

— C'est vrai...

— Vous voyez!... Moi aussi, d'ailleurs... Mais moi j'ai eu honte... Vous pas!...

— Non...

— J'en étais sûr ! Au lieu de la police, vous auriez dû rejoindre Green Peace, pour aller sauver les baleines.

— Ça m'aurait plu, dit Mary.

L'interrogatoire de Louis Dupond, nom de théâtre Jean Renaud, rôle : *Brutus* n'apporta aucun élément nouveau. Pendant près de trois heures, Mary, Biborne et Gobelin se succédèrent pour essayer de lui faire dire ce qu'il savait. Car ils avaient acquis la conviction qu'il savait quelque chose, mais peut-être quelque chose d'insignifiant, à quoi il attachait une importance que cela n'avait pas. Il aurait mieux fait de parler, ça l'aurait soulagé, ça aurait soulagé tout le monde...

Finalement, ils l'abandonnèrent à Bienvenu qui vint le leur arracher, grondant de fureur.

— Vous vous rendez compte qu'il joue ce soir ! Un rôle difficile ! Le plus difficile de la pièce ! Et vous êtes en train de me le transformer en bifteck haché ! Alors qu'il a déjà le cœur brisé ! Vous êtes donc des monstres ?

« Viens mon poussin, tu vas faire un bon déjeuner, un gros bif, on déjeunera ensemble dans ta chambre, tu oublies tout, c'est pas la fin du monde, il n'y a que la pièce qui compte, tu es un Brutus comme on n'en a jamais vu, sensible,

tendre, déchiré entre son devoir, son amour pour
César et sa faiblesse, un jumeau d'Hamlet!...
C'est toi qui as fait ça! C'est ta création!... Tu
vas voir ta presse! Dans le monde entier on va
parler de toi!... Allez, viens, cet après-midi on
répète...

— Une minute, Monsieur Bienvenu, dit Mary.

Il pria Biborne d'emmener Brutus-Renaud
dans le bureau voisin, et quand ce fut fait
demanda à Bienvenu :

— Quand vous êtes revenu en scène après le
meurtre, et que vous vous êtes penché sur le
corps de César, comment vous êtes-vous rendu
compte que Faucon était mort ?

— Sa bouche, Monsieur! Sa bouche... Elle était
grande ouverte sous la toge dont il s'était couvert
le visage, et l'étoffe s'était enfoncée dedans... Ça
faisait un creux!... Et pas le moindre souffle, le
moindre frémissement... Alors je me suis agenouillé et je lui ai pris la main, vous m'avez
vu ?

— Oui...

— C'était la main d'un mort... Plate... Molle... Je
me suis relevé et je vous ai regardé, je ne vous
voyais pas, mais j'ai parlé pour vous et je savais
que vous comprendriez...

— Oui... oui... Je vais vous poser une question à
laquelle je crains d'ailleurs que vous ne répon-
diez pas, même si vous êtes en mesure de le faire :
à votre avis, qui, parmi ceux qui ont frappé
César, haïssait suffisamment Faucon pour le
tuer ?

— Aucun, Monsieur! Aucun!... Ce sont avant
tout des acteurs... S'ils éprouvent de la haine, ils

l'expriment à travers un personnage, avec des gestes simulés... C'est notre métier, Monsieur, sa difficulté et sa grandeur : être plus vrai que la vérité, *en faisant semblant*... Personne ne l'a *vraiment* frappé !... Ce n'est pas possible !... Ce n'est pas vraisemblable...

— Et pourtant...

— Ce doit être un accident... Quand on connaî-tra la vérité, vous verrez, c'était un accident...

— Vous le croyez vraiment ?

— Non, bien sûr... Mais je ne peux pas croire non plus au crime... Si j'apprends quelque chose, je vous promets... Bon... Vous n'avez plus besoin de moi ?... Je vais doper mon petit Bru-tus... Je vous en prie, laissez-le en paix... Vous avez bien vu qu'il était à l'écart...

— Il a quand même frappé, dit Gobelin. Un sacré coup ! Et juste au bon endroit !...

— Il ne tuerait pas une mouche ! dit Bienvenu. Je le connais bien, il est mon élève, je lui ai tout appris, il est entré à mon cours quand il avait seize ans... Il m'aime comme son père ! Tous mes élèves m'adorent, mais lui *m'aime*, comme un enfant... Et il a du talent ! Vous verrez, ce soir : malgré son désespoir il sera formidable ! Peut-être à cause de son déses-poir...

— Oubliez un instant votre admiration pour l'acteur Faucon, dit Mary. Que pensez-vous de l'homme ?

— A quoi bon ? grogna le Principal. Ça nous apprendra quoi ?

— J'aimerais bien avoir une réponse, dit Mary.

— Elles n'ont pas dû manquer, les réponses, dit
Bienvenu. Je suis certain qu'on vous a fait de lui
un portrait abominable ?
— Oui... dit Mary.
— Eh bien il était pire !...

Le labo confirma l'examen superficiel de l'épée de Brutus : elle ne portait aucune trace impliquant qu'elle ait été trafiquée, et le liquide rouge qui la maculait n'était pas du sang humain, mais une mixture chimique colorée. Même constatation en ce qui concernait les autres épées et dagues des conjurés.

C'était la première conclusion des hommes du labo. Ils poursuivaient leurs examens. Ils laissaient entendre qu'il n'était pas impossible que peut-être ils découvrissent finalement du vrai sang et des marques suspectes.

— Labo de merde ! grogna le Principal. Toujours pareil : ils ne voient rien, ils ne savent rien, mais en sont certains !

— A mon avis, dit Mary, l'arme du crime était indépendante des armes de théâtre. Et celui qui s'en est servi a eu le temps de la cacher. On a fouillé la scène toute la nuit, on continue. On finira par la trouver...

— A moins qu'il l'ait emportée ailleurs ?...

— Impossible : je les ai tous fouillés à leur sortie de scène.

— Rien n'est impossible à un type futé !... Résumons-nous : nous avons le lieu, les circonstances, une demi-douzaine de suspects qui se camouflent réciproquement...

— Nous avons des mobiles...

— Oh, les mobiles... Qui n'a pas de mobiles ?... Vous n'avez pas eu envie, vous, un jour ou l'autre, de tuer quelqu'un ? Et même des tas de gens ? Pinochet ? Krazucky ? Votre père ?

— Non...

— Votre belle-mère ?

— Elle est si gentille...

— Pouah !... Les mobiles, c'est zéro. Ce qui nous manque, c'est évident quand on regarde la bande TV, c'est le geste *vrai* au milieu de toutes ces imitations de gestes...

Le mot *vrai* provoqua une étincelle dans le subconscient du commissaire. Il tira de sa poche, une fois de plus, la photocopie froissée du message, la regarda de nouveau, à l'endroit, à l'envers, la plia en deux, en quatre, en diagonale, hocha la tête... L'étincelle n'avait rien allumé...

— Ils sont au moins deux à être au courant, dit-il, l'assassin, et celui qui nous a envoyé ça...

— La solution, dit Gobelin, c'est d'obtenir un aveu. Il faut leur faire cracher ce qu'ils ont dans le ventre. On va tous s'y mettre, et appuyer dessus...

L'après-midi fut délirant. L'assassinat de Faucon était un fait divers d'ordre international. Tous les ministères concernés téléphonèrent. De l'Intérieur, le ministre, le chef de Cabinet, le Directeur de la Police et le Directeur des Collectivités locales.

— Ils sont combien de directeurs dans ce bordel ? gueula Gobelin.

A peine avait-il raccroché que se manifestaient le ministre de la Culture puis celui de la Mer, qui était nîmois... Et le Premier Ministre. Et l'Elysée... Il fallait que la France, dans ces circonstances, donnât une image claire de l'efficacité de sa police...

Le ministre de la Culture téléphona au Préfet pour suggérer qu'on exposât le corps de Faucon aux Arènes et qu'on y fît défiler les enfants des écoles, avant d'y admettre la foule. Ainsi, écoliers et adultes auraient-ils l'occasion de graver dans leur mémoire, épinglés par une image saisissante, les noms de Shakespeare et de Jules César ; et peut-être éprouveraient-ils l'envie d'en savoir davantage sur l'Empire Romain et le Théâtre élisabéthain... C'était une bonne occasion de faire de la culture vivante.

— Vivante ? s'étonna naïvement le Préfet.

Il transmit la suggestion au Maire, qui téléphona au Commissaire principal.

— Où est le corps ? demanda-t-il.

Gobelin écuma :

— Il est en treize morceaux, dans treize tiroirs de la morgue ! Nous n'avons pas le temps de refaire le puzzle pour le moment !...

A peine avait-il raccroché que le Directeur général de la Police rappelait, pour annoncer qu'il allait envoyer une équipe de renfort.

— C'est ça ! hurla Gobelin dans l'appareil. Il faudra tout leur répéter, ils vont nous faire perdre un temps fou et nous pomper l'air, et ils seront juste bons à se faire filmer par la télé quand *nous* nous aurons trouvé l'assassin ! Votre équipe, vous pouvez vous la mettre où je pense !

Il raccrocha. Il suffoquait. Il était violet. Les inspecteurs présents dans son bureau le regardaient avec effarement. Mary souriait. Le Principal reprit souffle et se mit à sourire lui aussi.

— Il n'aura pas le temps de me révoquer, dit-il : ma retraite commence lundi !...

La pression subie par les enquêteurs fut répercutée par eux sur les suspects et les témoins. Mary fit amener tout le monde au commissariat. Sauf les deux femmes, qui avaient été kidnappées par les journalistes. La plus importante meute de photographes et de reporters entourait Lisa Owen, la deux fois divorcée de Faucon. Elle n'avait rien d'autre à dire que sa douleur, mais elle la disait bien, et y ajoutait des imprécations contre l'assassin, en des attitudes parfaites dans le superbe décor du Jardin de la Fontaine, qu'elle avait elle-même choisi.

L'équipe de *Paris-Match* réussit à s'enfermer avec Diane dans un hôtel minable. Après en avoir tiré tout ce qu'ils pouvaient, les deux reporters l'abandonnèrent à Bournadel, leur photographe de choc, qui, dès qu'il l'avait vue en était tombé totalement amoureux, en tant qu'homme et en tant que photographe. Il avait moins de trente ans et l'air sauvage. Le coup de foudre fut réciproque. Diane se laissa emmener loin de Nîmes. Il la conduisit dans les Gorges du Gard, dénicha un endroit désert, la déshabilla, fut ébloui par son corps comme il l'avait été par son visage, la photographia dans l'eau, hors de l'eau, sur les rochers, sèche, ruisselante, en trente-six poses, s'attarda sur son visage fardé, lavé, dépouillé, cru de soleil, baigné d'ombre, passa du gros plan au très gros plan, ne cadrant plus que ses immenses yeux gris, comme dans un film de Sergio Leone. Il mitraillait comme un fou, il la découpait en images, l'enfermait dans sa boîte, pour lui, pour la joie, pour le bonheur d'emmagasiner de la beauté. Il s'arrêta quand il n'eut plus de pellicule. Ce fut elle qui, alors, lui rappela qu'il était un homme...

Par l'agence Gamma, qui avait l'exclusivité des photos de Bournadel, le visage de Diane allait être vendu dans le monde entier et serait peut-être publié en couverture des grandes revues. Diane Coupré avait quand même eu sa chance à Nîmes...

Pendant que, sans s'en douter, elle semait les graines de sa future carrière dans la fraîcheur des Gorges du Gard, le commissariat écrasé de soleil ressemblait à une concasseuse fonctionnant à l'accéléré. Les acteurs, le metteur en scène, le régisseur, le chef de plateau, l'administrateur, les machinistes, les électriciens, les hommes du son, les habilleuses, les maquilleuses, les balayeurs, bourrés dans des bureaux gardés, en étaient extraits un à un, passaient d'un policier à l'autre, étaient rebouclés, extraits de nouveau, de nouveau plantés sur une chaise et assommés de questions. Dès qu'un inspecteur ou un commissaire croyait avoir décelé quelque chose d'intéressant, il poussait son client chez le Principal et lui faisait répéter ce qu'il pensait être significatif. Le Principal enregistrait tout sur un magnétophone. C'était parfaitement illégal. Gobelin s'en moquait : retraite lundi... Ce serait superbe s'il pouvait en finir avec cette affaire avant dimanche soir !... On entendait par moments, derrière une porte ou dans un couloir, rugir Bienvenu, qui réclamait la libération immédiate de tout le monde. Ses acteurs, ses techniciens, avaient besoin de se nourrir, de se reposer. Et ils devaient répéter, à cause du remplacement de Faucon.

Les policiers disaient « oui, oui, bien sûr, d'accord » et continuaient à passer la troupe à la moulinette. Brutus-Renaud s'évanouit deux fois. Le plus fatigué de tous était Gobelin. A six heures du soir, il renvoya tout le monde, et consigna au crayon, sur une feuille de papier, les résultats de cette journée d'interrogatoires. C'était maigre..

*Personne n'a rien vu.*
*Personne n'a rien entendu.*

*Mobiles* : contrairement à ce qu'ils affirment, il apparaît que *Saint-Malo-Casca* est furieusement jaloux de sa femme Diane-Calphurnia, et que *Carron-Cassius* sait parfaitement que sa femme n'est pas morte accidentellement, mais s'est jetée sous l'autocar allemand parce qu'elle avait été séduite puis repoussée par Faucon.

*Alors, crime de cocu* ? Peu vraisemblable. C'est un crime *préparé*. Les cocus tuent plus impulsivement.

*Le Petit Brutus* sait quelque chose... impossible de le lui faire admettre. Autant essayer d'extraire du jus d'une poignée de paille...

*En résumé ! rien !...*

L'assassin est peut-être un des deux conjurés qui paraissent n'avoir aucun mobile : Cimber, qui est de Nîmes, et Cinna qui arrive d'Angleterre. Ni l'un ni l'autre n'avaient auparavant approché Faucon. SUSPECT !

*Mais QUI a écrit les lettres ? Et pourquoi ?*

*La représentation de ce soir sera une reconstitution fidèle.* Nous devons en profiter. Il faut que Mary s'habille en Romain et joue la scène du meurtre avec les conjurés...

Le Principal se réjouit en pensant à la tête qu'allait faire le commissaire quand il lui donnerait ses instructions. Il posa sa pipe, et cria :
— Mary !
Mary ne répondit pas. On le chercha dans les bureaux, les couloirs et les innombrables escaliers : il n'était pas au commissariat.

Mary avait voulu profiter du temps où tout le monde était bouclé au commissariat pour visiter tranquillement les chambres vides.

Il ne trouva pas ce qu'il cherchait : un indice direct, ou peut-être l'arme du crime. Mais il trouva ce qu'il ne cherchait pas : une photo. Et il ne la trouva pas dans une des chambres où il espérait trouver quelque chose...

La photo offrait une ressemblance avec le visage de quelqu'un qu'il avait rencontré, mais il ne parvenait pas à se rappeler qui. Il passa à la chambre suivante en emportant, plantée dans son cerveau à la façon d'une épine, l'irritation de ne pouvoir retrouver le visage qui lui était suggéré. Ce fut seulement le soir, pendant la deuxième représentation, que le souvenir lui revint brusquement.

Bienvenu, en protestant et en gémissant, avait accepté de l'incorporer au groupe des conjurés. Il serait un conspirateur de plus, muet... Surtout qu'il se taise !

— Evidemment, dit Mary. Qu'est-ce que je pourrais dire ?

— Si vous apercevez quelque chose, s'il vous vient une idée, surtout ne dérangez pas ma mise en scène, n'interrompez pas la pièce !

— Promis..., dit Mary.

Il transpirait sous la défroque romaine. Le soir n'avait apporté aucune fraîcheur. L'orage entêté qui veillait à l'ouest s'était rapproché depuis la veille, poussant devant lui un air lourd et moite. Quand les lumières de la scène baissaient, le ciel palpitait des reflets des éclairs. La moitié des étoiles avaient disparu, étouffées par les premiers nuages. Les tonnerres, encore lointains, se soudaient en un grondement presque continu. La télévision avait montré la « photo-satellite » sur laquelle une dépression tourbillonnante et barbelée, venant de l'Atlantique, se heurtait à un anticyclone qui s'obstinait à lui interdire le Continent. La dépression poussait comme un taureau enragé, et gagnait peu à peu du terrain. La veille, une furieuse chute d'eau et de grêle avait ravagé une partie des vignobles bordelais.

Le public, qui emplissait les Arènes jusque sur leur mur de crête subissait les effets de cette bataille. Les nerfs survoltés, il avait accueilli par des sifflets et des injures la première apparition de Brutus, et hué Cassius et les autres conjurés. La scène du Capitole commença dans un silence torride. Les spectateurs savaient qu'ils allaient assister dans tous les détails aux instants du meurtre de leur idole, avec tous ses personnages réels, sauf la victime, et que le meurtrier se trouvait là et referait ses mêmes gestes devant eux. Ils en avaient le gosier bloqué. Ils n'étaient plus au spectacle mais en pleine tragédie véritable.

Mary, conscient de la tension qui soudait la foule en un seul bloc électrique, se rassura en regardant le cordon serré de CRS qui entouraient l'arène, pour le moment face aux acteurs, comme une haie d'honneur, mais qui en un instant feraient face aux spectateurs si c'était nécessaire.

Pour ne pas commettre d'erreur, le commissaire s'était attaché aux pas de Cassius et était entré avec lui dans la lumière des projecteurs. Ceux-ci lui avaient fait l'effet du soleil du plein midi. Son crâne cuisait sous sa perruque comme dans une cocotte-minute. Quand les conjurés firent le cercle autour de César, il oublia ces inconvénients personnels pour suivre les moindres mouvements de chacun, et essayer de voir où et quand avait pu se placer le geste qui avait donné la mort.

Casca porta le premier coup. Au cou...

La scène se répéta, chaque conjuré frappant et refrappant, Mary agitant vaguement son épée de plastique, avec assez de recul pour ne perdre de vue personne. Et César ensanglanté se tourna vers Brutus immobile :

— *Toi aussi, Brutus ?*

Le silence, dans l'immense cirque, était devenu celui d'un explosif.

Brutus tira son épée.

Une femme se dressa et hurla :

— ASSASSIN...!

Le « IN »... de la dernière syllabe fusa, se prolongea tout autour des gradins comme une flamme, et avant qu'il fût terminé, vingt mille gosiers reprenaient le mot.

— Assassin !... Assassin !... Assassin !...

C'était un vacarme de tempête. Par rangées entières, les spectateurs se dressaient, et les boîtes de bière et projectiles divers commencèrent à s'envoler en direction de la scène. Les CRS firent demi-tour sur place. Leur mouvement redoubla l'excitation de la foule, qui se mit à scander :

— BRU-TUS ASSASSIN ! BRU-TUS ASSAS-SIN ! BRU-TUS ASSASSIN !

Les acteurs s'étaient figés et restaient immobiles, la pièce interrompue. Brutus, qui était dos au public, se tourna lentement vers lui. Des hurlements s'ajoutèrent aux cris : Un « Hououou !... » général, amplifié par l'immense conque de pierre convergea vers lui et le fit tomber à genoux. Il lâcha son épée, cacha son visage dans ses mains et se mit à sangloter. La foule, heureuse de sa victoire, cria plus fort encore, et commença à bouger. Un « spontané », habitué des corridas données en ces mêmes arènes, voulut sauter dans le sable et aller régler son compte à Brutus. Les CRS le cueillirent au passage, il se débattit, fut malmené, d'autres énervés suivirent son exemple, les gradins du haut commencèrent à couler vers le bas.

Alors on vit surgir de la nuit derrière la statue de Pompée et courir vers le devant de la scène un long personnage en toge orangée : Antoine... Il tenait un micro à la main, et quand il l'activa les ondes mugirent, enveloppant tous les bruits, les empaquetant et les réduisant à rien.

Au bout de quelques instants, l'homme du son régla l'intensité et le silence tomba brusquement. La foule stupéfaite se taisait. Bienvenu ne lui laissa pas le temps de se reprendre.

— Merci !... dit-il. *Je vous remercie* de votre désir de justice, et de la passion avec laquelle vous l'exprimez ! Mais personne ne connaît encore l'assassin de Victor Faucon ! Quand on le connaîtra, justice sera faite ! Mais pour le moment ce n'est pas de lui qu'il s'agit ! Ce n'est pas Faucon qui va mourir, c'est César ! Nous sommes dans Shakespeare ! Regagnez vos places, regardez, écoutez et faites silence ! Laissez passer le théâtre !...

Il fit un grand geste du bras droit pour accompagner sa phrase, puis se baissa, prit par les épaules le jeune acteur toujours à genoux, le releva, ramassa son épée et la lui rendit :

— Va, Brutus, fais ce que tu as à faire !...

Et d'une voix retenue mais chaleureuse, micro éteint :

— Vas-y, Jean !... Tu es un acteur... Joue !...

Il le poussa vers sa place, légèrement mais avec fermeté puis regagna l'ombre derrière la statue. Les spectateurs, subjugués, s'asseyaient et se taisaient. Brutus avait retrouvé son immobilité, à trois pas de César. Alors César dit de nouveau :

— *Toi aussi, Brutus ?...*

Et la scène s'enchaîna, et l'acte se termina, et vint l'entracte et la ruée vers les buvettes installées dans les dégagements. La chaleur augmentait, les tonnerres grondaient, l'air pesait sur les épaules et dans les poumons. Les chemises et les robes étaient trempées de sueur.

Mary, rapidement « déromanisé », avait rejoint Gobelin, assis au bout de la première rangée de chaises. Il prit place près de lui, sur le siège gardé libre, et lui dit à voix basse :

— JE SAIS QUI C'EST !...

Le Principal sursauta.

— Tu as vu quelque chose ?

— Non...

— Ça m'étonnait, aussi... C'est ton subconscient qui a travaillé ?

— Oui, peut-être...

— Qui est-ce ?

— Je n'ai aucune preuve, et pas de certitude ; ce n'est qu'une hypothèse, mais elle explique tout, y compris les lettres qui sont un élément essentiel... Pour être sûr, il faudrait que je revoie la TV du 3e acte.

— Mais tu viens de le voir de près...

— Le 3e acte *d'hier* !...

— La bobine est au commissariat. Allons-y...

Dans sa voiture, qu'il conduisait, Mary dit au Principal le nom de celui qu'il présumait coupable. Le Vieux grogna, éleva des objections, dont une était considérable. Mais l'hypothèse du commissaire expliquait tout. L'examen de l'enregistrement télé, *maintenant qu'on savait,* allait l'infirmer ou le confirmer...

Mary prépara lui-même la projection vidéo, à laquelle il voulait assister seul avec Gobelin... Inutile de laisser s'envoler le canard, si, après tout, c'en était un.

Et le troisième acte, une fois de plus, recommença. Penché en avant, Mary commentait les mouvements de l'acteur dont il avait dit le nom.

— Attention !... Ça va être maintenant !... Regardez bien son bras droit !... Voi...là ! Ça y est ! Il l'a fait !... Le geste *vrai* que vous cherchiez !... Mais si on ne le connaît pas d'avance, on ne le voit pas...

Il revint en arrière, puis en avant, au ralenti, s'arrêta sur l'image, refit de nouveau le trajet... Le Principal commençait à se laisser convaincre Ça pouvait être la vérité...

Il regarda sa montre, se leva brusquement.

— Eh bien, allons l'épingler !... On le prend à chaud, sans un mot, on l'amène ici, on le colle devant l'image, et on lui dit : « C'est toi ! Voilà la preuve ! » Il ne peut pas savoir que ce n'est pas une preuve, que c'est complètement fumeux ! Et il craque et on a un aveu !... Il nous faut un aveu ! Sinon on n'a rien !... Le mouvement de sa toge, ça peut aussi bien être un coup de vent !...

Le coup de vent frappa leur voiture, sur le chemin de retour aux Arènes, avec une violence telle qu'il faillit la renverser. Et le déluge suivit... Les défenses de l'anticyclone avaient cédé entre les Pyrénées et la Montagne Noire, et la dépression fonçait dans la brèche qu'elle élargissait, canonnant, flambant, noyant la nuit illuminée.

Aux Arènes, Shakespeare avait dit son dernier mot. On en était aux saluts, mais les spectateurs ne pensaient qu'à s'enfuir devant le déluge, se bousculant, trébuchant, s'écrasant en direction des sorties.

Les acteurs, stoïques, main dans la main, accomplissaient leur dernier rite. Leurs fards ruisselaient sur leurs visages. Brutus, une fois de plus, manquait. La statue de Pompée luisait haut dans la pénombre et éclatait de blancheur à chaque éclair.

A ses pieds, Brutus était étendu, immobile et plat. La pluie tombait dans sa bouche et ses yeux ouverts. Le manche mince d'un poignard japonais sortait de sa poitrine.

Le vent attaquait la voiture par la gauche, et essayait de la faire monter sur le trottoir. Mary réussit à atteindre les Arènes sans avoir quitté la chaussée. Il s'arrêta à quelques pas de l'entrée des coulisses. La tempête envoyait d'énormes gifles d'eau sur la voiture et l'ambulance de service, garée juste devant l'entrée.

— Ils auraient pas pu se garer ailleurs, ces cons-là ? grogna le Principal. On va se faire tremper !...

— On va piquer un sprint ! dit Mary.

— Grr !... dit Gobelin.

Il ouvrit sa portière, et la tornade la lui referma au nez. Elle atteignait son paroxysme. Quelques spectateurs téméraires essayaient de quitter les Arènes en courant. Assaillis de côté, ils levaient un pied, dérapaient sur l'autre, se retrouvaient à quatre pattes, poussés au derrière par la pluie et le vent qui emportait des parapluies, des branches, des affiches, des tuiles, des enseignes bondissantes, dans les flammes des éclairs. Le fracas ininterrompu du tonnerre couvrait les cris et les bruits. Le plus gros de la foule restait aggloméré dans les galeries circulaires, attendant que « ça se calme un peu ».

— Nous avons manqué la fin, dit Mary. Il doit être dans sa loge, ou il va y arriver... Il faut y aller...

Ils profitèrent d'une accalmie de trois secondes pour ouvrir les portières, bondirent vers l'entrée des coulisses, trempés, secoués, assommés par l'eau et le vacarme qui tombaient du ciel. Ils n'eurent pas le temps d'aller jusqu'aux loges : ils rencontrèrent Biborne qui venait d'essayer de les joindre par téléphone.

— Y a du nouveau, dit-il. Le petit Brutus s'est fait allonger. Je savais bien qu'il savait quelque chose ce crétin de gamin, il en savait trop... Au lieu de parler !...

— Où est-il ? demanda Mary.

— Là-bas, dit Biborne avec un geste dans la direction de la scène. Si le vent l'a pas emporté...

Ils se jetèrent de nouveau dans le déluge fulgurant. Un agent, collé contre la statue de Pompée qui lui coupait le vent mais lui ruisselait dessus et le transformait en fontaine, gardait le cadavre de l'acteur dont la bouche était pleine d'eau.

— Faites-le porter dans sa loge, cria Gobelin à Biborne. S'il y a eu des traces, il y a longtemps qu'elles sont fondues !

Et à Mary :

— Prenez le couteau...

Mary saisit le manche du poignard avec son mouchoir et tira doucement. La fine lame sortit sans résistance. Elle était plate, étroite, longue, et si aiguë à son extrémité qu'elle devait s'enfoncer sous son simple poids.

154

— Ça m'a tout l'air d'être le fourbi qui a tué Faucon, dit Gobelin. Mary, vous réveillez cet abruti de Supin, vous lui dites qu'il a un nouveau client, et qu'il nous rejoigne dans la loge du gamin. Je veux qu'il regarde tout de suite cette lame.

— Je me demande ce que vous avez contre le Dr Supin, dit Mary.

— Moi ? Rien. Pourquoi ?

— Vous dites toujours « ce crétin de Supin, cet abruti de Supin... » Et vous lui envoyez des vannes...

— Moi ? Il faudra que je me surveille... C'est un bon charcuteur, et il a l'œil... Mais il m'énerve, je n'y peux rien, il m'énerve !... Qu'est-ce qui se passe, ici ?

Les acteurs s'aggloméraient et se lamentaient à l'entrée des loges : il n'y avait plus de loges... La tornade avait arraché les tentes, qui s'étaient envolées par-dessus les toits, fauchant les cheminées et les antennes. Un éclair fulgurant, qui dura près de dix secondes, fut accompagné d'un tonnerre tel que les pierres des Arènes en tremblèrent. L'électricité s'éteignit dans toute la ville.

— Merde de merde ! dit Gobelin. Ne bougez pas dans le noir, restons ensemble ! Biborne va finir par arriver avec son macchabée. Pourvu qu'il ne le perde pas !

Il ne le perdit pas, mais il se perdit, dans le dédale des dégagements et des galeries où régnaient les ténèbres. Quatre agents portaient le cadavre, deux par les jambes, deux par les épaules. Il était mou, il était trempé. Eux aussi. Il leur glissait des mains. Quand l'obscurité tomba, ils le posèrent à terre en jurant. Biborne alluma son briquet.

— Allez, les gars, il faut continuer...

Ils le ramassèrent et repartirent. Le briquet brûla les doigts de l'inspecteur. Il l'éteignit, le remit dans sa poche, et pour ne pas perdre le convoi dans le noir, saisit le mort par les cheveux. La perruque lui resta dans la main. Il jura à mi-voix « Saloperie de saloperie !... » faillit jeter la perruque et fut arrêté dans son geste par son instinct policier. Il voulut la mettre dans sa poche, elle était trop volumineuse, il l'enfonça sous sa chemise, contre la peau de sa poitrine. Elle était gorgée d'eau, qui coula dans son pantalon. Il avait toujours dit que cette foutue saloperie de putain de métier était le dernier des métiers, mais il n'aurait jamais imaginé un truc pareil.

A la vague lueur d'un éclair réfléchie de paroi en paroi, un des agents aperçut un dégagement à gauche et fit obliquer le convoi. Les porteurs et le porté arrivèrent dans une galerie obstruée par des spectateurs agglomérés qui attendaient que ça se calme. Les deux agents aux jambes, qui marchaient en tête, s'ouvraient un chemin avec leurs coudes dans la foule obscure en grognant : « Ecartez-vous !... Laissez passer !... » Ils furent bientôt coincés, ne pouvant plus bouger dans aucune direction. Un éclair réussit à leur lancer de la lumière pendant un dixième de seconde. Le temps pour ceux qui les entouraient de voir le cadavre d'un Romain transporté par quatre agents trempés, ses fesses et sa tête renversée touchant presque le sol. La serveuse du café des

*Trois Raisins* se trouvait un pas en arrière. Elle avait trente-neuf ans, pesait soixante-dix-huit kilos ronds partout, se décolorait les cheveux couleur paille, riait avec tous ses clients même quand elle ne comprenait pas tout à fait leurs plaisanteries qui n'étaient pourtant pas futées. Elle avait racheté bon marché les billets de l'un d'eux empêché. Il était de piquet de grève pour la nuit aux conserveries de tomates. C'était la pleine saison, c'était le moment de revendiquer. Elle était venue avec sa mère âgée de soixante-dix ans, un peu sourde. Elles ne savaient pas très bien ce qu'elles avaient vu, elles ne connaissaient pas l'Histoire ancienne. Mais au faible reflet de l'éclair elles virent nettement **un visa**ge barbouillé qui pendait, avec la bouche ouverte et des yeux blancs qui les regardaient à l'envers.

La serveuse hurla et essaya de s'évanouir et de tomber, mais ce n'était pas possible il y avait trop de monde. Alors elle hurla plus fort. Sa mère disait : « Là !... Là !... » en tendant un bras dans le noir. Les hommes qui avaient entrevu quelque chose essayaient de se rassurer en insultant la femme qui criait. Un d'eux réussit en la tâtant à trouver sa bouche et l'obstrua avec sa main. Elle la mordit. Il la gifla, **elle cri**a : « Maman ! Maman ! » il la reboucha, elle se cramponna au bras comme à une bouée. Elle ne riait plus, elle faisait « glou-glou-glou », et maintenant on entendait sa mère qui continuait de désigner dans le noir « ... là... ! là... »

Un nouvel éclair montra le mort debout entre deux agents qui le soutenaient. Au troisième éclair il était sur le dos d'un agent, précédé par deux autres qui ouvraient le chemin, et suivi par le quatrième.

Biborne avait raté l'entrée du dégagement. Il marchait à pas prudents dans une galerie déserte, noire comme une mine de houille abandonnée depuis un siècle. Il entendait vaguement, très loin, les bruits de la tempête. Il avait l'impression de descendre, il ne savait vers quoi. De temps en temps il allumait son briquet, dans l'espoir d'apercevoir le mort et ses porteurs : il était seul

Il décida d'attendre que la lumière revienne. Il tâta un mur avec ses doigts, s'assit le dos appuyé contre la pierre et s'endormit. Il rêva qu'il caressait son chat. C'était la perruque de Brutus.

La tornade s'éloignait en direction d'Avignon. Elle allait rencontrer le Rhône et le Mistral. Ça ferait du bruit.

L'électricité revenue, le mort avait fini par rejoindre Mary et le Principal, qui l'avait fait déposer dans l'ambulance. Debout dans le véhicule, les deux policiers regardaient le Dr Supin se livrer à un examen rapide du cadavre. Par la vitre entrouverte entrait la grande odeur heureuse de la terre mouillée, du macadam, des feuilles, des murs et des toits qui avaient soif depuis si longtemps. A l'intérieur de l'ambulance cela sentait les vêtements trempés, la sueur, et les fards et le sang dilués. Gobelin éternua.

— A vos souhaits!... dit le Dr Supin, qui se tourna vers lui et enchaîna :

— Même blessure, au même endroit... Même plaie... Vraisemblablement faite par la même arme...

— Celle-ci? demanda Mary, en tendant le poignard.

Le docteur le saisit par sa poignée enveloppée du mouchoir, regarda sa lame :

— C'est possible, c'est même très probable... Ça ne vous aidera guère pour l'identification du coupable : ça a le fil d'un rasoir, mais ce n'est qu'un coupe-papier, à l'usage des touristes. Ils en rapportent tous... Mon gendre, en revenant d'un congrès d'obstétrique à Tokyo, en a offerts à tous ses amis, à ses infirmières et à sa femme de ménage... Je lui ai dit : « On n'offre pas quelque chose qui coupe, ça coupe l'amitié... » Il m'a répondu : « L'amitié ? Vous connaissez ? » Et il m'en a donné un...

— Alors, c'est vous l'assassin ? rugit le Principal.

Le Dr Supin sursauta.

— Vous m'avez fait peur !...

— Ah ! ah !... j'aurais bien aimé vous boucler un peu, un jour ou l'autre, mais j'y arriverai pas : retraite lundi !

— Vous et vos plaisanteries !...

— Je ne plaisantais pas... Alors, à votre avis, c'est l'arme du crime, du premier comme du second ?

— Naturellement je ne peux rien affirmer...

— Naturellement !...

— ... Mais j'en mettrais ma tête à couper !

— On ne les coupe plus, c'est bien dommage !... Vous pouvez disposer du jeune homme et du couteau... Et faites votre possible pour être un peu plus affirmatif !... Venez, Mary...

Dans la voiture, en retournant au commissariat, Gobelin demanda au commissaire :

— Est-ce que vous lui trouvez une bonne place dans votre hypothèse, à ce deuxième macchabée ? D'après ce que vous pensez du meurtrier, ça n'a pas l'air de coller...

— Non, pas bien... Mais qu'est-ce qu'on peut

savoir de la psychologie d'un homme qui a commencé à tuer ?... Si sa sécurité est menacée, il peut continuer, même son vrai mobile éteint avec sa première victime...

L'avenue Feuchère était jonchée de débris. Une énorme branche, couchée avec toutes ses feuilles comme un voilier chaviré, barrait la voie de droite dans toute sa largeur. Il n'y avait heureusement presque plus de circulation. Mary fit un détour par les petites rues et ils arrivèrent au commissariat en passant par la gare.

Une surprise les attendait. Le commandant des CRS, ne sachant où les trouver, était venu faire une déclaration. Il venait juste de repartir. Il avait déclaré que deux de ses hommes avaient assisté à la mort de Brutus.

A la fin de la pièce, Brutus s'était relevé pour le salut avec tous les morts de la bataille de Philippes, mais, au lieu de se diriger avec les autres ressuscités vers le devant de la scène, il était venu vers la statue de Pompée, et était passé à l'arrière de celle-ci. Deux CRS, postés à proximité, l'avaient vu poser sa main sur les échelons qui montaient vers la tête de Pompée, tâtonner derrière l'un d'eux et en retirer un objet dont la lame avait brillé à la lueur des éclairs. Il avait alors arraché et jeté sa cuirasse dorée, et était retourné vers le devant de la statue. Les CRS s'étaient déplacés pour ne pas le perdre de vue, et intervenir si nécessaire, car ils le soupçonnaient de vouloir commettre une agression. Ils l'avaient vu s'arrêter, hésiter, regarder vers le ciel, vers ses pieds, puis se décider, et, en faisant une horrible grimace, planter le poignard dans sa poitrine. Il était tombé sur le sol en même temps que la première rafale de pluie.

— Il faut me convoquer ces deux zèbres illico! dit Gobelin. Eh bien voilà une affaire terminée... Votre hypothèse, vous pouvez en faire des papillotes. Le gamin a tué Faucon, par jalousie et parce que le salaud l'avait sans doute plus ou moins torturé, selon son habitude. Mais il n'a pas pu supporter son acte, vous avez vu vous-même dans quel état il était, après, vous n'avez pas pu lui tirer un mot... Et ce soir l'énorme pression du public a achevé de le détruire. Il est allé prendre l'arme du crime où il l'avait cachée — félicitations pour vos recherches — et il est venu se tuer à l'endroit même où son Faucon bien-aimé était mort de sa main... Il ne pouvait pas finir autrement...

— Mais comment a-t-il pu tuer Faucon ? objecta Mary. Nous l'avons vu, vous l'avez vu et revu en vidéo, frapper une seule fois, avec son épée en toc, et celle-ci n'avait pas été trafiquée...

— Ce n'est pas prouvé ! Après ce qui est arrivé ce soir, vous allez voir que ces Messieurs du labo vont y découvrir des tas de traces suspectes ! D'ailleurs, il n'avait pas besoin de la trafiquer. Il lui suffisait de tenir l'arme vraie collée contre la fausse... La lame de l'épée s'est repliée dans le manche, et celle du poignard est entrée dans César !... C'est tout simple !... Nous allons faire des essais, vous verrez, ça s'est sûrement passé comme ça !...

— Hum..., fit Mary. Et les lettres ?

— Les lettres ?...

— Oui... Qui les a rédigées ? Lui ou quelqu'un d'autre ? Si c'est un autre, il l'aurait donc mis au courant de son projet de meurtre ? Et si c'est lui, pourquoi les a-t-il écrites ?

— Oui..., oui..., bon..., je conviens que votre hypothèse expliquait les lettres... Mais ce n'est pas un épistolier que nous cherchons, c'est un assassin ! Et nous l'avons trouvé !... Evidemment il faudra trouver aussi l'auteur du message, car il est complice, par non-dénonciation de malfaiteur... Ce sera votre travail, mon cher : moi je serai à la retraite ! Quant au beau boulot de votre subconscient, vous voyez ce qu'il en reste...

— Je continue d'y croire... Je suis certain d'avoir raison !... J'espère vous le démontrer d'ici quelques heures... Le meurtrier ne se doutait pas qu'il aurait à faire à Nîmes à un flic qui était, il y a un an, au commissariat du 12e arrondissement à Paris... Sans quoi il n'aurait pas laissé en évidence cette photo dans sa chambre. A moins qu'il n'ait obéi à un obscur besoin d'être puni... Il ne peut supporter d'être l'auteur d'un crime...

— ... et il se suicide ! C'est Brutus ! Tout à fait d'accord !...

— Nous pourrions en rester là, en effet... C'est une solution qui satisferait tout le monde. Sauf le tueur !... Sans s'en rendre compte vraiment, il *veut* être puni. Il en a besoin. Il doit en finir. Le drame ne peut se terminer que sur lui. Je vais l'aider...

— S'il a tellement envie d'être puni, il n'a qu'à venir ici, tout avouer, et on le boucle ! C'est simple.

Mary se mit à rire.

— Beaucoup trop simple, pour un individu comme lui !... D'ailleurs tout cela se passe chez lui au niveau du subconscient... En surface, il se croit heureux d'échapper à la punition...

— Vous me faites rigoler, vous et vos subconscients ! Je n'en ai pas, moi, de subconscient ! Et je

n'en ai jamais rencontré en trente ans de métier !
Subconscient mon œil ! Un type qui en troue un
autre est parfaitement conscient de ce qu'il
fait !...

— D'accord... Et c'est en pleine conscience qu'il
nous envoie un message qui est la clef de voûte de
sa combinaison. Mais son subconscient — excusez-moi ! — y manifeste son désir de châtiment
par un détail qui dénonce son subterfuge. Dès
qu'on le remarque, on comprend tout... Je dois
avouer que je l'ai remarqué mais que je n'ai pas
compris tout de suite... Plus exactement, je savais
que j'avais eu l'œil accroché, mais je ne savais
pas par quoi...

— Faites-moi voir ce machin ! grogna Gobelin.

Mary sortit une fois de plus de sa poche la
feuille de photocopie, mais elle avait été tellement trempée qu'elle ne formait plus qu'une
loque déchirée et chiffonnée. Le Principal frappa
de colère sur son bureau, attira à lui la pile des
dossiers en cours, celui des Arènes était au-
dessus, il l'ouvrit, l'étala, choisit une chemise
presque vide : elle contenait l'original du message. Il le prit à deux mains, le rapprocha de la
lampe posée à sa gauche, le regarda longuement,
le fit pivoter pour l'examiner à l'envers...

— Je ne vois rien de spécial ! dit-il.

— Laissez travailler votre subconscient, dit
Mary en souriant.

*France-Soir* avait titré :

MYSTÈRE DES ARÊNES ÉCLAIRCI

L'ASSASSIN, ACCUSE PAR 30 000
SPECTATEURS, SE SUICIDE.

Le Commissaire principal reçut les journalistes et leur conseilla d'être moins affirmatifs. On n'était pas absolument certain de la culpabilité de Jean Renaud-Brutus. On n'en avait pas la preuve formelle. La police ne se permettait pas, pour l'instant, d'affirmer qu'il était l'assassin.

Pressé de questions « Avez-vous une autre piste ? Soupçonnez-vous quelqu'un d'autre ? », il répondit simplement : « L'enquête continue ». Il ajouta, en montrant *France-Soir* :

— Vous exagérez toujours... Il n'y avait pas 30 000 spectateurs : seulement 25 000...

— *Seulement* 25 000 !... Une pincée !... dit le reporter du *Midi-Libre*. On pourrait peut-être appeler cette affaire « Meurtre dans l'intimité !... »

— Ah ! ah ! ricana Gobelin. Cherchez donc le commissaire Mary, il vous en dira peut-être plus long que moi..

Il était bien tranquille à ce sujet. Mary était parti pour Paris par le premier avion. Il rentrerait par le dernier, à temps pour être là avant la fin de la pièce.

— Et j'espère apporter des charges suffisantes pour que nous puissions procéder à une arrestation...

— Je l'espère !.. Car demain ils s'en vont tous, et nous n'avons aucune raison pour retenir qui que ce soit...

— Il vous restera toujours Brutus...

— Vous m'avez tellement baratiné, je commence à ne plus y croire... Mais le fait est qu'éventuellement il nous fournira une bonne position de repli...

Mary avait passé des heures à téléphoner. On était en juillet, et au début du week-end, double raison pour ne trouver personne au bout du fil à Paris. Mais les policiers ne peuvent pas partir en effaçant leurs traces, on sait toujours où les trouver. Mary finit par réveiller à Djerba son collègue Fournay, du commissariat du 12e. Il apprit de lui des faits qui confirmaient ses suppositions. Plus un nom de femme. Et où se trouvait maintenant le dossier de l'affaire sur laquelle il avait travaillé avec lui avant d'être nommé à Nîmes.

A Paris il pleuvait et il faisait froid. Mais il avait eu le réflexe d'emporter son imper de flic parisien.

TROISIÈME SOIR

*Jusqu'au fond de l'Enfer...*

La journée qui précéda le troisième soir tragique du Festival fut, pour tous les personnages concernés par le drame, une journée très agitée, le plus frénétiquement bousculé étant Bienvenu. La mort de Brutus l'avait bouleversé. Il aimait bien le jeune comédien, qui avait fréquenté ses cours d'art dramatique, comme beaucoup d'acteurs de sa génération. Mais lorsque arrivant, ruisselant, après les saluts, dans la galerie près de la porte des taureaux, il trouva Casca trempé et fondant, qui lui apprit que Brutus était couché au pied de Pompée avec un poignard dans le corps, son premier réflexe fut de s'exclamer :

— Merde ! Il n'a pas de doublure !...

C'était cela le drame immédiat, le désastre : comment assurer la troisième et dernière représentation ?

— Il y a moi..., dit doucement Casca-Saint-Malo.

— C'est vrai ! dit Bienvenu, retrouvant brusquement l'espoir. Tu as tout joué, tu connais tout !... Tu *sais* Brutus ?

— A peu près...

— Tu es un type formidable ! Travaille-le cette nuit, on répétera à dix heures !...

— Mais qui me remplacera pour jouer Casca ?

— Le petit Fabre !

— Oh là là !...

— Quoi, oh là là ? D'ici ce soir, il a le temps d'apprendre son texte !... Fais-le travailler... On fera une dernière répétition à 18 heures. Il a quelques tunnels, s'il les sait pas bien, je les coupe...

— Et qui le remplacera dans Cimber ?

— Personne ! Je supprime Cimber !...

— Et allez donc ! Shakespeare en hachis !...

— Ça vaut mieux que pas de Shakespeare !... Fous-moi la paix et va travailler !... Sans toi on était cuits. Tu es unique !

La mémoire des comédiens est aussi fabuleuse que celle des chefs d'orchestre. Un rôle une fois connu prend place dans un tiroir et y reste en entier. Quand on a besoin de l'utiliser, on entrebâille le tiroir, on déplie le premier feuillet de souvenirs, et le reste suit...

Saint-Malo rentra à pied à l'hôtel, en toge trempée — ses vêtements « civils » avaient été emportés avec les loges — se récitant déjà l'acte II, avec les gestes...

> — *Holà !... Lucius !... je ne puis discerner à la marche des astres si le jour approche... Allons Lucius !... Que n'ai-je le défaut de dormir aussi bien que toi !... Lucius ! Voyons ! Eveille-toi !...*

Les astres étaient pourtant bien visibles dans la nuit de Nîmes. Les derniers vents de la bourrasque avaient nettoyé le ciel, dans lequel brillaient des myriades d'étoiles qui paraissaient toutes neuves.

Saint-Malo ne pensait pas le moins du monde à Jean Renaud. Il pensait à Brutus. Il était Brutus, avec encore des trous et des bulles vides, mais il serait vite entier.

Il vit arriver la 2 CV de Georges, le régisseur, qui s'arrêta à sa hauteur et cria :

— Tu les as pas vues ?

— Qui ?

— Les loges !... Les tentes ! Je me demande où elles ont bien pu tomber !...

Il repartit, zigzagua dans les rues désertes pendant plus d'une heure. Il ne trouva rien. On ne les découvrit qu'au jour levé. Elles n'étaient tombées nulle part, elles étaient restées perchées dans les arbres mutilés, par fragments, inutilisables. Il fallut improviser de nouvelles loges dans une galerie, trouver des miroirs, des fards, installer des lampes. Georges faisait face à tout, travaillait comme dix, criait, jurait, jubilait. Ça c'était du travail !

Quand Saint-Malo arriva à l'Imperator, sa chère femme, la sublime Diane, n'était pas rentrée. Par contre, Louis Fabre, envoyé par Bienvenu, l'attendait dans le hall, exalté et affolé à l'idée de jouer Casca.

— C'est formidable ! Je peux le faire, tu comprends ! C'est fantastique ! Mais je ne le saurai jamais ! C'est pas possible !...

Il se laissa retomber dans son fauteuil et se mit à renifler.

— Calme-toi, lui dit tranquillement Saint-Malo.

Non seulement tu le sauras mais tu le sais déjà, sans t'en rendre compte. Tu l'as entendu cinquante fois, au cours des répétitions, ta mémoire l'a enregistré, tu vas le retrouver, ça sera facile...

Ils montèrent dans la chambre de Saint-Malo et travaillèrent jusqu'à l'aube. Fabre s'endormit au soleil levant, sur le lit de Diane, qui n'était pas rentrée.

Répétition du II, du III et du IV à 10 heures. Bienvenu avait fait prévenir tout le monde. A 10 heures moins le quart, les acteurs commencèrent à arriver, à court de sommeil, bâillant, mâchonnant une miette de croissant restée entre les dents, les hommes avec des joues râpeuses, Lisa Owen-Pontia en pantalon et T-shirt noirs, des cernes rouges sous les yeux, ses cheveux non coiffés dissimulés sous un foulard violet qui laissait fuir des mèches. Elle sentait déjà le whisky.

Bienvenu ne s'était pas couché, mais avait pris le temps de se doucher et de se raser. Il avait fait le tour de tous les dégâts, donné des instructions à Georges, pris contact avec la mairie et le commissariat, parcouru la brochure pour noter les coupures possibles, répondu à des journalistes américains, téléphoné aux parents du petit Brutus, avalé un sandwich, bu trois cafés... Ça irait... Il refusait la fatigue, il la niait, il la piétinait. Georges, inquiet, le voyait maigrir depuis le commencement de la préparation de la pièce, et littéralement fondre depuis deux jours, mais il ne doutait pas qu'il tienne le coup jusqu'à minuit. Après les saluts, les derniers du Festival, il aurait tout le temps de récupérer, ou de s'écrouler.

A 10 heures pile, Diane arriva, plus belle que le ciel lavé par la tempête, jeune, éclatante comme si elle commençait le printemps.

— Toi au moins tu as l'air d'avoir dormi..., dit Bienvenu, satisfait.

— Tu parles !... fit Lisa Owen.

— Allez, on y va... On commence par la Une. Brutus et Lucius. Paul, tu connais ta place, vas-y... Paul !... Où est Paul ?

Paul Saint-Malo, ex-Casca et nouveau Brutus, n'était pas là...

A 10 heures et quart il n'était pas encore arrivé. C'était si extraordinaire de la part de ce comédien modèle, toujours en avance pour répéter ou jouer, que le silence se fit peu à peu parmi les acteurs présents. Assis au bord de la scène, dans l'odeur de bois mouillé, les pieds pendant vers le sable qui fumait là où le soleil l'atteignait, ils commençaient à partager une crainte sourde, celle d'un nouveau drame... Ils savaient tous que Saint-Malo, quoi qu'il prétendît, vivait dans les tourments d'une perpétuelle et affreuse jalousie, que la conduite de sa femme entretenait comme un feu sans cesse pourvu en nouveau combustible.

Bienvenu n'y tint plus, et interpella Diane.

— Où est-il, ton mari ? Qu'est-ce qu'il fout ?

Diane, qui était en train de se regarder dans le miroir de son sac et de se retrousser les cils, répondit en haussant une épaule :

— Qu'est-ce que j'en sais ? Il est majeur et vacciné, il fait ce qu'il veut...

— On a travaillé dans sa chambre, dit le petit Fabre. Puis je me suis endormi. Quand je me suis réveillé il était plus là...

— Qu'est-ce que tu lui as encore fait ? dit Bienvenu à Diane.

Et il se mit à crier, emporté par l'exaspération et la fatigue :

— Tu pouvais pas lui foutre la paix pendant le Festival ? Te retenir un peu ? Te mettre un bouchon dans le cul pendant trois jours ? A la place de Paul, je te le cimenterais !...

Calmement, Diane tourna vers lui ses yeux immenses, couleur de rêve et de tous les ciels, et laissa tomber :

— Pauvre cloche !...

— Le voilà ! cria Fabre.

Saint-Malo arrivait, se hâtant sans courir, avec le masque habituel de son sourire sur le visage. Bienvenu tourna sa colère vers lui :

— Alors on répète pour toi, *exprès* pour toi, et tu n'es pas là ! Tu deviens dingue, ou quoi ?

— Excuse-moi, j'ai eu un accident...

— Quoi ?

— J'étais sorti faire un tour en voiture, pour me détendre un peu, le sommeil a dû me tomber dessus, j'ai fait une embardée et j'ai bousculé un motocycliste... Il a valsé dans le décor... Le temps de faire un constat... Ça ne va pas vite...

— Merde !... Tu n'as rien, au moins ?

— Non... Rien du tout...

— Et le motard ?

— Rien de grave...

— Bon allez, vite, en place ! On commence par la Une du Deux. Paul, prends ta place...

— Mais je n'y suis pas au début.

— Abruti ! Tu es Brutus ! Tu n'es plus Casca !

— Oh ! Excuse-moi...

— Tu as dû te cogner la tête contre le pare-brise ! On est joli, si tout le monde se paie des accidents ou des drames personnels ! Ecoutez-moi tous ! Jusqu'à ce soir il n'y a que la pièce au monde ! la pièce que nous devons jouer et que nous jouerons *bien !* tout le reste, mettez-le dans votre poche avec un mouchoir par-dessus ! Vous recommencerez à exister personnellement demain !... Ça sera bien assez tôt, pour faire les conneries habituelles... Allez, on y va... Lucius, allonge-toi, tu dors... Paul, à toi, vas-y...

    BRUTUS : *Holà !... Lucius !... Je ne puis discerner à la marche des astres...*

Bournadel, le photographe de *Paris-Match*, arriva comme un retour de la tempête, traversa l'arène en courant, se hissa sur la scène, la traversa jusqu'au groupe d'acteurs qui bavardaient à voix basse en attendant leur tour, saisit Diane par le poignet et l'entraîna.

— Viens ! Foutons le camp !... Tu vas pas rester avec ce vieux con !...

Il avait un pansement autour de la tête, comme un héros de film d'aventure, mais également le nez et la joue gauche écorchés, ce qui était moins photogénique.

Saint-Malo s'était figé, blême.

— Qu'est-ce que ça veut dire ? cria Bienvenu. Foutez le camp vous-même et laissez Diane tranquille ! Nous sommes en train de travailler !

Le photographe ne lâcha pas sa prise, mais du

bout des doigts de l'autre main se frappa la tête, et cria aussi fort que Bienvenu.

— Vous avez vu ce qu'il m'a fait, ce salaud ? Si je n'avais pas eu mon casque j'étais mort ! Et ma moto est foutue !... Un vieux mégot pareil avec une fille comme ça !... Tu t'imagines que tu vas la garder ? Tu n'es qu'une vieille raclure ! Elle, c'est une reine !... Qu'est-ce que tu peux lui offrir ? Jouer Calphurnia !... Trois phrases pendant trois jours !... Tu es un minable !... Moi je vais la montrer au monde entier ! Des yeux comme ça, c'est fait pour foutre le feu aux écrans. Pas pour être cachés derrière des lunettes noires !... Demain, tous les grands d'Hollywood se la disputeront ! Il suffit de la leur montrer ! Je vais le faire ! C'est mon métier !... Viens, on s'en va...

Diane fixait sur le photographe un regard glacé. Elle se dégagea d'un geste sec.

— Tu as fini ton numéro ? Tu vois pas que tu déranges ? On est en train de répéter...

Saint-Malo se dressait devant lui, le visage durci, les poings serrés.

— Laisse-la tranquille ! Fous-nous la paix !...

— Qu'est-ce qui t'arrive ? Tu regrettes de m'avoir raté ? Tu veux m'achever ? Tu crois que tu pourras tuer tous ceux qu'elle intéresse ? Allez, dégage !...

Ce fut Diane qui, à son tour, prit le poignet de Bournadel.

— Bon... C'est d'accord... Viens, on s'en va...

Elle l'entraîna vers le devant de la scène, sauta légèrement dans le sable, l'aida à descendre, il se tenait la tête de la main gauche, elle lui reprit le bras et ils s'éloignèrent dans l'allée centrale, entre les chaises du parterre, sortirent par la porte de la Présidence, dans l'ombre...

Les acteurs, silencieux, les avaient regardés partir.

— Ça c'est le bouquet! dit Lisa Owen... Et tu as personne pour la remplacer!... Tu veux que je téléphone à Simone?... Je sais qu'elle est libre en ce moment... Elle l'a joué à Chaillot avec Wilson... Mais le temps d'arriver...

— Je m'en fous, dit Bienvenu... Je renonce... C'est plus possible... Allez-vous-en... On annule... Allez-vous-en...

Il faisait le geste de les chasser, d'une main sans force. Il ne sentait plus ses jambes. Il réussit à s'asseoir sur le plancher au lieu de tomber.

— Sale petite garce! dit Lisa Owen.

— Et toi, qu'est-ce que tu es? dit calmement Saint-Malo.

Il vint s'agenouiller près de Bienvenu.

— Ne t'inquiète pas, elle sera là ce soir... On va répéter sans elle... On sera prêt... Elle est partie pour le calmer... Elle va le mettre dans sa poche... Je la connais, ma petite Diane... C'est quelqu'un... Si elle veut faire une grande carrière, elle sait que ça ne peut pas être en commençant par une saloperie... Je veux dire une saloperie dans le métier... Laisser tomber un spectacle... Casser un Festival... Personne ne pourrait lui faire confiance... Les coucheries c'est autre chose... Tant que ça ne gêne pas le travail... Ça la regarde... Et moi je m'en fous... Il ne faut pas croire ce petit con... Allez, ne laisse pas tomber... Allonge-toi cinq minutes... Récupère... Et puis on s'y met... Tout ira bien ce soir... T'inquiète pas...

Georges ! va lui chercher du café... Et aussi pour
moi... Viens Lucius, nous allons répéter notre
scène à tous les deux...

> — *Holà !... Lucius !... Je ne puis discer-*
> *ner à la marche des astres si le jour*
> *approche... Allons !... Lucius !... Comme*
> *je voudrais dormir aussi bien que toi !...*

Il fallait faire vite!... Mary prit un taxi — tant pis pour les frais! — d'Orly au commissariat central du 12e. Mais de l'avenue Daumesnil à la Préfecture de Police il préféra le métro, c'était plus rapide. Il eut seulement la précaution d'ôter son imper de flic trop reconnaissable et de le garder plié sur son bras. Un flic tout seul dans le métro, c'était du beurre pour les loubards, une provocation! Il n'avait pas le temps de se bagarrer.

En fin de matinée il avait enfin ce qu'il voulait : un tirage de la terrible photo qui avait si longtemps hanté sa mémoire et lui avait fait si souvent serrer les poings de rage et d'impuissance. Il emportait même deux diapositives couleurs, encore plus effrayantes, œuvres de son collègue Fournay, un mordu de l'instantané, qui ne se déplaçait jamais sans son compact à flash, et mitraillait tout...

Il lui restait à rencontrer la femme à qui Fournay avait eu affaire alors que lui avait quitté Paris. Elle seule pouvait lui permettre de faire la liaison entre ce qui s'était passé à Paris et un an plus tard à Nîmes. Quand il l'aurait interrogée, il saurait si son intuition l'avait ou non trompé.

Elle habitait la banlieue est. Samedi... Pourvu qu'elle ne soit pas partie quelque part en week-end... Son numéro de téléphone était dans le dossier. Il appela...

Sonnerie... Sonnerie... Sonnerie... Son... — Ah !

C'était un répondeur, qui répondait trop vite, en nasillant, qui annonçait que Christine Touret était absente « actuellement », et priait de laisser un message...

Mary raccrocha, furieux comme chaque fois qu'il tombait sur un répondeur. Absente « actuellement », qu'est-ce que ça voulait dire ? Pour une heure ou pour un mois ? Elle était peut-être allée chercher une tranche de jambon, ou peut-être partie pour l'Australie... Evidemment, on ne pouvait pas donner plus de précision sur un répondeur, pour ne pas renseigner Messieurs les cambrioleurs, mais tout de même... Quelle époque, bon dieu ! Dire que dans son village, quand il était enfant, on ne fermait jamais une porte à clef, ni le jour ni la nuit...

Il n'avait pas le choix. Il devait y aller. Il rappela le répondeur, se présenta comme un collègue de Fournay, dit qu'on rouvrirait le dossier de cette triste histoire, qu'il avait besoin de quelques renseignements, et qu'il viendrait aujourd'hui à quatorze heures.

Il s'était bien gardé de dire qu'il arrivait de Nîmes et enquêtait sur la mort de Faucon.

Il sortit de la gare du R.E.R. en plein cœur de la « ville nouvelle » de Loisy-sur-Marne. Il pleuvait sur la grande pièce d'eau en forme de haricot et sur les fontaines de ciment abstrait qui crachaient des embruns et des jets désolés. Les immeubles d'habitation s'élançaient vers le ciel en pyramides, en degrés, en terrasses, en escaliers, aucun ne ressemblant à son voisin. Le commissaire s'attarda quelques secondes à les regarder et les trouva assez plaisants. Il y avait de l'air et de la couleur, et par-ci par-là de jeunes arbres qui peut-être grandiraient.

Christine Touret habitait un quartier de la vieille ville qui n'avait pas encore été rasé. Dans une rue d'immeubles bourgeois modestes et de villas de meulière avec jardins, une sorte de pavillon biscornu, défoulement de quelque artiste pompier du début du siècle. Les murs semblaient être en train de souffler une bulle en gomme à mâcher : un vaste atelier de verre en rotonde mangeait la moitié du premier étage et tout l'étage supérieur.

Au bout de l'allée de gravier à demi conquise par les pissenlits, Mary trouva la porte du rez-de-chaussée entrouverte ; il sonna. Une voix lui cria d'en haut :

— Montez !

C'était une voix grave, un peu éraillée, et Mary imagina immédiatement qui avait parlé : une grande femme maigre, qui fumait trop.

C'était exact. Christine Touret l'attendait en haut de l'escalier de chêne aux marches usées. Elle était grande et maigre, avec des cheveux gris qui lui pendaient jusqu'aux épaules en mèches plates. Son visage, marqué de rides profondes avec des joues creuses et un long nez en lame, était éclairé par de grands yeux bruns intelligents. La main qu'elle lui tendit avait l'index et le pouce tachés de jaune par le tabac. « Gauloises » pensa Mary en fronçant le nez. L'atelier paraissait sans limites. De grandes plantes vertes, caoutchoucs, philodendrons, yuccas, enchevêtraient leurs branches et semblaient se nouer aux marronniers du jardin. Un bananier étalait des feuilles immenses et supportait un lierre qui le quittait pour grimper jusqu'aux verrières du plafond. Entre leurs frondaisons se dressaient quelques chevalets portant des esquisses ou l'état final, vivement coloré, des travaux de Christine Touret : elle était dessinatrice pour tissus et papiers peints.

— Ce sont des plantes résistantes au tabac ? demanda Mary. Ou elles s'en nourrissent ?

— Je vois que vous faites la gueule... Vous ne fumez pas ?

— Si, un peu...

— Moi beaucoup... J'oublie toujours de vider mes cendriers. C'est ça qui pue... Asseyez-vous...

Mais il n'avait pas envie de s'asseoir. Il avançait lentement vers ce qu'il avait vu dès qu'il était entré : sur un chevalet, entre un hibiscus éclatant de fleurs orangées et les cheveux tombants verts et jaunes d'un chlorophytum, était exposée, agrandie au maximum, la même photographie qu'il avait vue dans une chambre de l'Imperator, le même portrait radieux qui contrastait tellement avec l'image qu'il venait d'extraire du dossier. Il sut alors que son « subconscient » avait bien travaillé. Les trois photos se rejoignaient. La liaison était faite Il connaissait le coupable.

186

Christine Touret était en train de vider ses cendriers dans un sac en plastique. Elle s'énerva de le voir, immobile, regarder la grande photographie.

— Ne restez pas planté là !... Asseyez-vous donc !... Qu'est-ce que vous voulez savoir ?

Elle était prête, passionnément, à l'aider.

Pour la répétition on pouvait facilement se passer de Calphurnia. Saint-Malo entra dans la peau de Brutus comme s'il n'avait, toute sa vie, joué que ce rôle-là. Ce fut plus difficile avec Fabre, qui paniquait à chaque réplique. Bienvenu lui en coupa la moitié.

— Et allez donc ! disait Saint-Malo. Pourquoi se gêner ? Shakespeare est mort...

Bienvenu lui jetait un sale regard, et enchaînait. Vers deux heures de l'après-midi, ça allait à peu près. Bienvenu dit :

— Le II c'est dans la poche, le III ça peut aller.. Jean, il faut qu'on revoie un peu le IV, ta scène avec Cassius... Tu sais ton texte mais... Tu n'es pas tout à fait à l'aise... Bon, on recommence le III et le IV à cinq heures... Allez casser la croûte...

Après un moment de défaillance terrible, le metteur en scène avait repris toute sa vigueur. Il rentra à l'Imperator à pied avec Saint-Malo, lui donnant chemin faisant des indications pour sa scène avec Cassius. En approchant de l'hôtel il se tut. Saint-Malo sut à quoi il pensait, et répondit à sa préoccupation :

— Tu vas voir qu'on va la trouver en train de se taper tranquillement un homard!... Elle s'inquiète pas pour sa ligne, elle! Qu'est-ce qu'elle peut avaler!...

Mais elle n'était ni au restaurant ni dans sa chambre.

Un quart d'heure plus tard, alors que Bienvenu, dans un coin tranquille du jardin, mangeait un énorme bifteck, un kilo de frites et un grand saladier de laitue en écoutant Georges lui donner les dernières nouvelles des réparations, Saint-Malo les rejoignit, pâle comme dut l'être César vidé par toutes ses plaies. Il s'assit près d'eux. Il n'osait pas parler. Une jarre en terre de deux mètres de haut les protégeait des regards en versant jusqu'au sol un flot de géranium. Un court jet d'eau murmurait derrière un buisson de romarin. Les abeilles rescapées ronronnaient de bonheur affairé. L'air sentait le miel et la sauge.

— Alors? demanda Bienvenu en regardant Saint-Malo.

— Elle est... elle est partie!... Elle a fait ses valises... Elle a tout emporté... Il l'attendait en taxi...

— Tu as eu tort de le rater..., dit Bienvenu.

— Mais je t'assure...! Je n'ai pas...! Pourquoi a-t-elle fait ça?... Ça ne lui ressemble pas!...

— Hollywood!... Personne ne fait le poids, devant!...

Une guêpe vint pour la deuxième fois chercher un morceau de bifteck dans l'assiette de Bienvenu.

— Je suis sûr qu'elle sera là ce soir dit Saint-

Malo. Elle laissera pas tomber... Tu verras!... Tu verras!...

— Je m'en fous, dit Bienvenu. Je la remplace!...

— Quoi?

— Et par qui? dit Georges.

— Louis...

— Louis?!

— Ça va pas? Tu es malade!...

— Pour faire ce que je fais il faut effectivement en avoir un grain! Mais nous irons jusqu'au bout! Et pour aller jusqu'au bout il nous faut une Calphurnia!... Et *qui* connaît le rôle de Calphurnia?... *Qui* connaît tous les rôles de la pièce? Louis! Il jouera en travesti... S'il se mélange un peu les pieds ce n'est pas grave, il n'a pas tellement à faire ni à dire... Georges, tu vas aller le prévenir et lui essayer un costume et une perruque. Répétition à cinq heures. Moi je vais roupiller trois minutes...

— Pauvre Shakespeare! dit Georges.

— Il n'y a pas de « pauvre Shakespeare! » répliqua Bienvenu. Il n'est jamais pauvre! Plus tu le charcutes, plus tu le mutiles, plus tu le tricotes, plus il est grand...

Et il s'en alla en mâchant une dernière feuille de laitue.

— Il est dingue..., dit Saint-Malo, quand Bienvenu se fut éloigné.

— Mets-toi à sa place : tu vois une autre solution?

— Diane reviendra, j'en suis sûr!...

— Tu es un bel innocent dit Georges. Je me demande où je vais trouver Louis, à cette heure-ci...

Il le trouva tout simplement en train de dormir, dans le petit hôtel où il logeait. Quand il le mit au courant, Louis crut qu'il était encore endormi et qu'il rêvait...

Louis Espandieu, c'était le souffleur. Il ne soufflait plus depuis longtemps. Il avait soixante-douze ans. Et on ne souffle plus dans le théâtre moderne. A plus forte raison sur une scène démesurée comme celle des Arènes. Mais Bienvenu, qui le connaissait depuis ses débuts, l'engageait toujours dans ses spectacles, comme une mascotte. Il se rendait utile de mille façons, et pendant les représentations il était là, derrière un portant, à l'abri d'un escalier, la brochure à la main, tournant automatiquement les pages, répétant à voix basse, mot à mot, chaque réplique de chaque personnage, sans avoir besoin de les lire, inutile et parfait.

Discret, petit, ratatiné par l'âge, personne ne le voyait, on ne savait jamais où il était, mais quand on avait besoin de lui pour une course, un bricolage, un raccord, pour retrouver un objet égaré ou en trouver un introuvable, il était là.

Ce qui arrivait ce samedi était le plus grand événement de sa vie, car, fils d'acteur, né dans le théâtre, ne vivant que pour lui, et jouant tous les rôles, il n'en avait jamais joué aucun. Il tremblait, il claquait des dents pendant que l'habilleuse retaillait et ajustait sur lui un costume de Romaine.

— Georges, je vais être mauvais !... Je suis sûr que je vais être mauvais...

— Mais non ! Tu seras parfait !... Tu connais le texte ?

— Bien sûr !... *Me voici Monseigneur !*...

— Tu vois bien !

— Mais ma voix ?

— Elle est parfaite, ta voix ! C'est une voix de contralto, comme beaucoup de femmes en ont. Surtout les Romaines !

— Tu crois ?

— C'est évident ! Tu peux me faire confiance !

— Quand même... Débuter dans un rôle de femme... Je ne suis quand même pas... J'aurais préféré César !...

— Eh bien, tu manques pas d'air ! Pourquoi pas Dieu le Père ? Tiens, essaye ça...

Georges lui planta sur la tête une perruque de matrone.

— Tu trouves pas que c'est un peu grand ? remarqua timidement Louis dont la tête nageait sous les boucles.

— T'inquiète pas, on va te l'ajuster au poil... Tu as déjà l'air d'une reine ! Redresse-toi ! Tu es la femme de César !...

Louis s'emplit si bien de la majesté de son rôle, et se redressa tant, tout l'après-midi, qu'il gagna près de cinq centimètres. Efforts inutiles, gloire à peine entrevue, rêve évanoui : une heure et demie avant le début de la pièce, Diane arriva, imperturbable, exquise, fraîche, superbe, demanda à Georges, comme si de rien n'était, où se trouvait sa nouvelle loge, alla s'asseoir dans la portion de galerie qui en tenait lieu, devant un miroir tout neuf, sortit de son grand sac un assortiment de fards, se déshabilla, ne gardant que son soutien-gorge et sa culotte, et commença à se maquiller.

Bienvenu surgit, blême de colère, pour lui faire

savoir ce qu'il pensait d'elle, mais avant qu'il ait ouvert la bouche, elle tourna la tête vers lui, lui sourit, et lui dit :

— Ça va ?

Bienvenu la regarda avec une sorte de stupeur, hocha la tête, et s'en alla.

Saint-Malo nageait dans le bonheur. Elle était revenue... Elle repartirait peut-être demain, mais c'était toujours quelques heures gagnées. Et puis on ne sait jamais, rien n'est jamais sûr, elle pouvait changer d'avis, ou bien le photographe pouvait avoir un autre accident, un vrai...

Pendant toute la journée, devant les guichets de location les candidats spectateurs avaient fait la queue sous le soleil. Le Cissi, portant sur son ventre une caisse à bretelle de sa fabrication, leur vendait de la bière tiède et des sandwiches fondants, en prophétisant sur un ton réjoui :

— C'est pas fini ! Ça va encore saigner ce soir ! Vous allez voir ! C'est pas fini ! Ça va saigner ! Faut pas rater ça ! Buvez donc un coup ! De la bière française ! Faut boire quand il fait chaud pour pas avoir le foie qui tourne en poussière !...

A quatre heures, les charmantes Nîmoises chargées de la vente des billets en avaient vendu deux mille de plus que les Arènes ne pouvaient contenir de spectateurs comprimés. Et tout autant de retardataires se trouvèrent sans billets quand elles fermèrent définitivement les guichets. Profitant du samedi, la clientèle habituelle des corridas était accourue de toute la région, partageant la conviction du Cissi : c'était pas fini ! Ça allait saigner ce soir ! On était venu à la fête par familles entières. On avait apporté le casse-croûte. On s'installa pour pique-niquer sur la Place des Arènes et sur l'Esplanade, on alluma des feux pour faire griller les saucisses, on déboucha les litres de rouge, on commença à chanter. Le Cissi vendait ses brochettes crues, puis il vendit les tomates et les poivrons entiers, avec des bouts de lard jaunes et des morceaux de bourguignon-semelle, il n'avait plus le temps de les enfiler sur ses baguettes. Son grand chien jaune allait d'un groupe à l'autre en remuant la queue, une oreille sur l'œil, s'asseyait, disait « Ouah ! » et récoltait des croûtes et du gras qu'il avalait sans mâcher.

Quand les Arènes furent pleines, la place restait noire de monde. Des bouchons de CRS, sur plusieurs épaisseurs, bloquèrent les portes, s'opposant à la poussée de la foule déçue et furieuse. Tout à coup une voix tomba du ciel, la voix de Georges :

— La Direction des Tournées Bienvenu s'excuse de ne pouvoir vous laisser entrer, mais les Arènes sont plus que pleines !... Il n'y a plus de place pour un chat !

— Houou !... fit la foule frustrée.

— Mais nous avons branché des haut-parleurs, ceux par lesquels je vous parle en ce moment, et vous ne serez pas entièrement privés du spectacle : vous ne verrez pas, mais vous entendrez tout, gratis !... Les personnes possédant des billets qui n'ont pu être honorés pourront se faire rembourser dès demain aux guichets de location. Nous vous souhaitons à tous une bonne soirée !...

Des bordées de sifflets, d'insultes et de huées répondirent à ce souhait, mais il n'y avait rien à

195

faire, on ne peut pas enfoncer les Arènes.. La foule se calma et s'installa. Un groupe de jeunes Anglais qui traversaient la France à pied se mirent à gratter de la guitare et à tapoter du bongos. Un accordéon s'éveilla cent mètres plus loin. Les Anglais chantaient du Shakespeare : le dialogue de *La Tempête,* sur la musique de Purcell. Le vigneron accordéoniste, congestionné, chantait des chansons qu'il avait apprises de sa mère quand il était gosse : *Fleur de Pavé, l'Hirondelle du Faubourg.* Tous ceux qui l'entouraient reprirent en chœur *Le Temps des Cerises.* Il avait une belle voix de ténor. Il la poussait au maximum. Bien chanter, c'est chanter fort. Il transpirait énormément. Le Cissi vendait du café qu'il transportait dans un seau.

La nuit vint doucement. Les haut-parleurs se mirent à crachoter.

— Ah ! fit la foule.

L'accordéon se tut. La guitare égrena encore quelques notes dans le silence puis la voix de Flavius s'éleva, sombra, revint, s'établit, interpellant la plèbe romaine :

> — ... *Rentrez chez vous ! Ce n'est pas jour de fête, aujourd'hui ! Que faites-vous ici ? Parle, toi ! Quel est ton métier ?*

Le guitariste aux longs cheveux blonds répondit en anglais :

— *Why, sir, a carpenter.*

> — *Moi, monsieur ? Charpentier...*

dit le haut-parleur.

196

il avait fallu l'insistance conjuguée du maire et de l'administrateur des Arènes, qui avaient peur d'une émeute, pour faire accepter par Bienvenu que ses acteurs, au moins les principaux, soient munis de micro-émetteurs. Mais il avait donné à l'homme du son des instructions sévères : les haut-parleurs intérieurs ne diffuseraient que la bande-son, comme les autres soirs. Et le dialogue envoyé aux diffuseurs extérieurs devait être réglé à la puissance minimale. Que les « spectateurs » du dehors, comme ceux du dedans, s'ils voulaient entendre, fassent l'effort d'écouter...

Pas d'avion pour le retour : une grève sauvage du personnel au sol bloquait les départs. Mary eut juste le temps de revenir d'Orly pour sauter dans le dernier TGV. Il ne trouva qu'une place de dos. Il détestait voyager à l'envers. Réflexe de policier, qui aime voir où il va.

Une fois assis il se détendit. Il avait fait tout ce qu'il pouvait. Le voyage retour était une trêve avant le dénouement. Celui-ci ne dépendait plus que de la force de résistance de l'assassin. Mary rapportait des présomptions solides comme l'acier, mais aucune preuve. Combien de temps le meurtrier mettrait-il à craquer ?

Et s'il ne craquait pas ?...

On saurait tout cela bientôt. Pour l'instant, il n'y avait plus rien à faire. Que dormir...

Le commissaire arriva à Nîmes un peu après vingt-deux heures. Ce devait être l'entracte... Non, pas encore... La représentation commençait tard... Il se hâta vers le commissariat. Le Principal l'attendait. Malgré la fenêtre ouverte, son bureau était saturé de l'odeur de ses pipes. Son veston informe était accroché au dossier de sa chaise, les manches de sa chemise à rayures, roulées au-dessus du coude, son col dégrafé, sa cravate sur le bureau, en travers des dossiers. Visage fatigué, sali par la barbe du soir, blanchâtre. Il demanda :

— Alors ?

— C'est bien la même, dit Mary.

Il ouvrit son porte-documents, en tira un numéro de *Paris-Match* vieux de trois ans, que lui avait confié Christine Touret, le posa devant Gobelin, présentant à plat la publicité qui occupait toute la 4e page de couverture. Elle était constituée par la photo en couleurs d'une adolescente, vêtue seulement d'un short bleu, debout près d'une chaise sur laquelle était posée une paire de chaussures de sport. Près de ses pieds nus, un sac de sport bleu, ouvert, laissait entrevoir un maillot d'athlétisme et divers accessoires. On devinait que la jeune fille était en train de s'équiper pour aller courir dans un stade ou dans l'herbe, livrer son jeune corps à la joie du jeu et de l'effort épanoui. Sur le sac était écrit en grosses lettres blanches le nom de la marque des chaussures. Le visage et le corps de l'adolescente rayonnaient de jeunesse et de beauté.

— Montrer les nichons d'une fille pour faire acheter des godasses, c'est bien une idée de ces tordus de la pub ! dit Gobelin. Mais il faut avouer que ces nénés sont engageants... et le reste aussi... Elle a l'air bien, cette gamine... Et heureuse... Elle aurait pu faire une carrière...

— Elle n'a pas eu le temps... Ça, c'était *avant* sa rencontre avec Faucon, la voici après.

Mary posa à côté de la page colorée de la revue

une photo en noir et blanc, presque aussi grande. Gobelin arracha la pipe de sa bouche et pâlit.

— Merde! dit-il. C'est moche!...

La photo, que Mary avait extraite du dossier parisien, montrait une jeune morte étendue sur un matelas crasseux posé à même le sol. Elle ne portait qu'un blue-jean qui avait peut-être été ajusté mais qui était devenu trop grand et qu'une corde grisâtre, nouée, serrait à la taille. Le buste de la jeune fille était d'une maigreur effrayante. Son sein droit s'était résorbé jusqu'à l'apparence de celui d'une fillette, saillant à peine sur les côtes squelettiques. La pointe et une partie du sein gauche manquaient, remplacées par une plaie sombre. De l'oreille qui sortait entre les mèches de ses cheveux sales il ne restait plus que la moitié.

— Mutilée? demanda Gobelin.

— Non... Les rats...

Les yeux de la morte étaient fermés. Ses lèvres, entrouvertes sur ses dents très blanches, esquissaient l'horrible caricature d'un sourire. Sur le parquet plein de taches et de débris traînaient à côté du matelas une cuillère en fer et un bout de bougie renversé. Pas de seringue. Le précieux objet avait été emporté.

— Overdose?

— Oui.

— Volontaire?

— Peut-être... Comment savoir? Nous l'avons trouvée quand nous avons essayé de nettoyer le quartier Chalon, près de la Gare de Lyon. Dans un immeuble abandonné, au deuxième étage. Les quelques squatters qui l'occupaient s'étaient tirés avant notre arrivée. Sans doute à cause de la morte...

« J'ai quitté Paris cinq jours après. Elle n'était pas encore identifiée. Quand on a su qui elle était, c'est Fournay qui a eu à faire à sa mère. Moi je l'ai rencontrée aujourd'hui. Elle m'a raconté toute leur histoire.

Le Commissaire principal prit une photo dans chaque main, portant ses regards de l'une à l'autre.

— On ne dirait vraiment pas la même fille... Qu'est-ce qui vous a fait faire le rapprochement ?

— Ceci, dit Mary.

Il prit les deux photos, les posa à plat et désigna du bout du doigt, sur l'une et sur l'autre, presque au coin des lèvres, une petite tache noire, une « mouche », qui marquait la joue gauche.

— Eh bien, dit Gobelin, vous qui ne voyez jamais rien, vous avez l'œil !...

— J'avais dû, hélas, examiner la gamine de près, et j'avais noté ce « signe particulier » dans mon rapport. Je ne risquais pas de l'oublier... Quand j'ai vu la photo dans la chambre de l'Imperator j'ai été frappé par la présence de cette marque, mais j'ai d'abord pensé qu'il s'agissait d'une coïncidence. Il y avait si loin de ce visage rayonnant aux pauvres restes du taudis du quartier Chalon... Et pourtant il y avait quelque chose de commun : cet air d'innocence, même dans l'horreur... Je ne me souvenais pas d'une façon assez précise du visage de la morte. Il fallait que je le revoie...

« Mais si c'était le même, ce visage, radieux ou tragique  me conduisait vers quoi ? Vers l'impossible !...

« Quand, tout à coup, pendant que j'étais déguisé en Romain ridicule et que je me demandais, sous les projecteurs, comment et quand le meurtrier avait pu frapper, j'ai su quel était le détail qui m'avait accroché dans une des deux lettres, celle adressée à la police. Et ce détail m'a paru si évident, si énorme, que tous ceux qui l'ont aperçu auraient dû comprendre...

— Alors moi qui suis un vieux con, cria Gobelin.


Vous allez peut-être

m'expliquer

pour que je me sente enfin

## intelligent
?

**CE-SOIR**

les conjurès

tueront

vraiment

César

Le Principal sortit la missive du dossier, la jeta sur le bureau et posa sur elle son poing fermé.

— Il faut admettre, dit Mary, que l'auteur de la lettre est le meurtrier. Ce ne peut être que lui. Pour un travail de ce genre on n'a pas de complice et on ne fait pas de confidences. Il envoie donc ce message pour attirer l'attention de la police sur ce qui va se passer. Ou plutôt *sur ce que la police croira qui va se passer*... Or ce qui se passera n'est pas vrai !... Et malgré lui, obéissant à un inconscient mais puissant désir d'être puni, le meurtrier nous le fait savoir, par un détail qui échappe à sa volonté et à son attention, et qui donne la clef du mystère... Regardez le mot « vraiment »...

Gobelin souleva sa main et regarda la feuille en fronçant les sourcils.

— Vraiment... vraiment... Vraiment quoi ?

— Le mot est composé de deux morceaux accolés, et le second est *le seul* de tout le message qui soit en italique, ce qui lui donne une importance particulière... Or que dit ce mot, si on le considère tout seul ? Il dit MENT. Et il est accolé au mot VRAI ! Inconsciemment, l'auteur du message nous faisait ainsi savoir que le vrai était faux, que ce que nous allions voir nous mentirait, et que la vérité était ailleurs...

— Ce qui est vrai, dit Gobelin, c'est que votre cervelle fonctionne d'une façon complètement siphonnée.

— C'est possible, dit Mary en souriant. En tout cas, dès l'instant où ma cervelle siphonnée a compris la signification cachée du mot « vraiment », tout s'est éclairé, chaque détail a pris sa place, tout est devenu évident, et je connaissais le nom du meurtrier.

« Et j'ai commencé à regretter d'avoir à le démasquer. L'homme qui avait conduit cette fille vers cette déchéance, au bout de laquelle se trouvait inéluctablement la mort, méritait mille fois le coup de poignard qu'il avait reçu...

« Tout cela à condition que la fille de Chalon soit bien celle de la photo de l'Imperator... Aujourd'hui nous sommes fixés. C'est bien elle, et elle se nomme bien Sophie, comme je le supposais. Née de Christine Touret et de père inconnu... Et c'est elle qui a été laissée sur le quai de Marseille par Faucon, en plein désespoir et avec de l'héroïne pour se consoler...

« Maintenant que vous savez tout, je regrette de vous avoir mis au courant de mes soupçons... Si je ne vous avais rien dit avant la mort du petit Brutus, vous lui auriez tout collé sur le dos, et l'affaire serait close... Ecoutez, Chef, personne n'est au courant, à part vous et moi... A sa mère j'ai dit que c'était l'enquête sur les marchands de drogue qui continuait... Sans quoi elle m'aurait envoyé promener : vous pensez bien qu'elle se réjouit de la mort de Faucon... Elle a eu tout de suite l'idée logique du coupable puis elle a vu la télé et elle s'est rendu compte comme nous, que c'était un coupable impossible. Et pourtant c'est lui... Alors, si on laissait tomber ?... Personne ne pourra l'accuser... Laissons-le courir... Il se punira lui-même un jour ou l'autre...

Le Commissaire principal regarda longuement la photo en noir et blanc, puis soupira et leva les yeux vers Mary.

— Vous savez bien, mon petit, que nous devons faire notre métier...

Il replaça la lettre dans son dossier et voulut y joindre la photo, mais Mary intervint.

— Non... Emportons-la, nous en aurons besoin...

Gobelin déroula les manches de sa chemise et remit sa cravate. Pour une arrestation, il avait l'habitude d'être correct. Il enfila son veston, vérifia que son pistolet se trouvait dans sa poche, le montra à Mary.

— Vous avez le vôtre ?

— Oui, mais je ne crois pas que...

— On ne sait jamais... Allons-y... Biborne et Bonnet sont déjà là-bas...

En descendant cet escalier qu'il avait descendu et monté si souvent il pensa que bientôt il n'aurait plus à se plaindre qu'il lui cassait les pattes, et il en éprouva un incontestable pincement au cœur. En traversant la cour il leva la tête vers les étoiles visibles entre les branches qui avaient résisté à la tempête. Soir après soir, les claires étoiles du ciel de Nîmes avaient salué la fin de sa présence quotidienne au commissariat.

Non de son travail. Dans ce métier, le travail ne s'interrompt jamais. Eh bien il allait faire mieux que s'interrompre : se terminer. Il soupira et revint à l'affaire en cours. En s'asseyant au volant de la voiture, il demanda à Mary :

– A quel moment est-elle devenue la maîtresse de notre particulier ? Avant ou après Faucon ?

— Elle n'était pas sa maîtresse dit Mary, elle était sa fille.

Miraculeusement, tout s'était bien passé : les nouveaux César et Brutus avaient sans trébucher remplacé les morts, le petit Fabre avait incarné un excellent Casca, et aucun spectateur ne s'était aperçu de l'absence du personnage falot de Cimber, gommé par Bienvenu.

La pièce se terminait, et la moitié du public se réjouissait de la voir arriver au bout : assis sur de la pierre ou du bois, les hommes qui n'avaient pas pris la précaution d'apporter un petit coussin avaient mal aux fesses et se tortillaient. Les femmes souffrent moins de ce genre d'inconvénients, la nature a pourvu à leur confort. Elles, comme eux, se sentaient un peu frustrées : le spectacle avait été superbe, mais ils attendaient quelque chose de plus, et ils n'avaient vu et entendu que du Shakespeare...

Antoine le vainqueur, debout près du Brutus, horizontal, vaincu et mort, s'adressait au public et à la postérité :

ANTOINE : *Sa vie fut noble. Seul le désir du bien de la Patrie avait armé son bras contre César qu'il aimait. Le monde entier pourra dire de lui : c'était un homme !...*

OCTAVE : *Sa dépouille recevra les honneurs dus à celle d'un héros. Que ceux qui ont combattu maintenant se reposent. Et nous, allons partager les gloires de ce jour fortuné...*

Gloires des projecteurs, gloires des applaudissements, gloires des rayons laser qui nimbent de rouge et d'or l'enceinte millénaire des Arènes. Le public se lève et crie son plaisir, les morts se relèvent, les absents reviennent, c'est le moment des gloires du salut. Ce soir il ne manque personne. C'est fini. La pièce est finie, la soirée est finie, le Festival est fini. Il n'y aura pas de sang supplémentaire...

A la porte des taureaux, par où doivent passer tous les acteurs revenant de la scène, les policiers attendent.

Ils étaient quatre en civil : Gobelin, Mary, Biborne et Bonnet. Plus six agents. Et l'arène tout entière était cernée par le cordon de CRS. Le meurtrier, encore sur la scène en train de saluer, était déjà pris dans la souricière.

Devant l'absence totale de preuve, Gobelin et Mary avaient décidé de frapper un grand coup psychologique, pour essayer d'obtenir un aveu. Ce qu'ils allaient faire n'était ni classique ni peut-être légal, mais cela amusait Gobelin, à deux jours de la retraite, de piétiner un peu les habitudes. Si le gus résistait, on en reviendrait à la vieille méthode : en route pour le commissariat, et pour les interrogatoires interminables, comme au cinéma...

Et s'il n'était pas coupable ? Si, après tout, le petit Brutus...? Le raisonnement de Mary était impeccable, mais ce n'était qu'un raisonnement. La mort de Brutus, elle, était un fait...

Eh bien, ce serait en tous cas une péripétie intéressante. La vieille carcasse policière du Commissaire principal en rajeunissait. Il se sentait capable de courir un cent mètres. Et de le gagner. Presque...

Biborne et Bonnet avaient appris sans s'étonner le nom de celui qu'on allait interpeller. Un policier ne s'étonne de rien. Ils se tenaient prêts à intervenir. La main de Biborne, dans la poche droite de son veston, caressait les menottes. Mary avait fait disposer et allumer un petit projecteur, dont lui seul savait quel serait l'usage, et qui pour l'instant éclairait le sol d'un mini soleil rond, à ses pieds.

Les figurants qui se remettaient en civil ou plutôt en militaires rampants du $xx^e$ siècle, les habilleuses, les électros, les machinos, les hommes du son, tout le peuple des coulisses, se rendaient compte que quelque chose se préparait, et des chuchotements le faisaient savoir à ceux qui l'ignoraient encore. On s'approchait doucement, on venait voir, on regardait les policiers, on parlait à voix basse, on se taisait, on attendait.

Sur scène, l'obscurité succédait brutalement aux projecteurs, les applaudissements s'éteignaient, les projecteurs se rallumaient, les applaudissements et les « bravo! » reprenaient flamme... Six rappels... Sept... Huit...

Georges en souriait de bonheur, oubliant presque la présence policière. Bon sang, on y était arrivé! Malgré le sang versé, malgré la tempête du siècle, on avait réussi à faire passer le théâtre! Et c'était un succès! Plus qu'un succès: un triomphe! Les derniers applaudissements n'en finissaient pas, le public frappait des pieds, criait. C'était le moment où, au concert, le virtuose revient de la coulisse pour faire un bis et le chef d'orchestre lève sa baguette. Mais Shakespeare ne se recommence pas...

A regret, les applaudissements s'éteignirent et les projecteurs aussi, remplacés par l'éclairage général, jaunasse et plat.

— Ecartez-vous! dit Gobelin aux curieux qui entouraient les policiers. Dégagez-moi tout le coin! dit-il aux agents.

Ils s'y employèrent. Ce ne fut pas facile. Biborne et Bonnet durent leur prêter main-forte.

L'assassin était en train d'arriver. Il était là, dans ce groupe qui approchait sans se presser, en bavardant, les visages heureux sous les fards et la sueur. Le succès nourrit les acteurs mieux que le pain. Les applaudissements oxygènent son sang, redressent ses os. Chacun pense : « j'ai été bon... j'étais le meilleur... » Il se sourit à lui-même et sourit aux autres avec bonté.

Torrent Duval, le nouveau César, qu'on appelait dans le métier Tor-Du, ôtait sa perruque et épongeait avec sa toge son crâne rapiécé. Saint-Malo, le nouveau Brutus, posait sa main sur le bras nu de sa femme. Diane s'en débarrassait d'un geste, comme d'une mouche. Il se posait de nouveau. Elle répondait à Bienvenu qui lui disait qu'elle avait été très bonne. Elle ricanait :

— Tu parles!... Donne-moi un vrai rôle et tu verras ce que je peux faire!...

— Des vrais rôles, des grands rôles, tu en auras ma belle, tu les mérites... Mais ce n'est pas moi qui te les donnerai... Je pense comme ton petit photographe : on va se battre pour t'avoir. Je te demande une chose, et je sais que tu m'écouteras, parce que ce soir *tu es revenue*... Quelles que soient ta carrière et ta gloire, je te demande ceci : n'oublie jamais ce que tu dois au théâtre...

Sans cesser de marcher, elle se souleva sur la pointe des pieds et l'embrassa sur la joue. Il se mit à rire.

Pierre Carron-Cassius, le veuf, marchait à la gauche de Bienvenu. Il était le seul à ne pas avoir l'air heureux. Il baissait la tête, paraissait battu, abattu, vaincu comme son personnage, portant à la fois le deuil de sa femme et de son rôle.

Derrière, Lisa Owen traînait la jambe. La représentation terminée, l'âge et l'alcool l'accablaient.

Et, se pressant, dépassant les groupes de figurants, rattrapant les grands rôles, arrivait Signorelli dit Larbi, ex-garde du corps de Faucon, chargé du rôle insignifiant de Ligarius. Il avait fini depuis longtemps. C'était son dernier soir, son dernier rôle, son dernier contact avec le théâtre. Il avait l'air, un peu égaré, de ne pas savoir exactement vers quoi il allait, comme un rugbyman qui fonce avec le ballon vers les buts adverses, dont le séparent des paquets d'adversaires hargneux, infranchissables.

Il arriva à la hauteur des policiers et des agents qui barraient la sortie de la scène. Il s'arrêta, fronça les sourcils.

— Qu'est-ce qu'il y a ?...

Mary, sans répondre, s'écarta et lui fit signe de passer. « Ce n'est donc pas lui, pensèrent les témoins. C'est lequel des autres ? » Tor-Du, Saint-Malo, Bienvenu et Carron arrivaient avec

Diane. Ils s'arrêtèrent à leur tour. Diane regarda les policiers avec une moue amusée et se pendit au bras de Bienvenu.

— Que se passe-t-il ? demanda celui-ci, avec sa belle voix de scène.

Derrière le cordon de policiers, Georges, qu'on avait autorisé à rester à proximité, tremblait de peur et de pitié. Lui *savait*. Depuis le premier soir il connaissait le nom du coupable, parce qu'il connaissait la pièce dans ses moindres détails, aussi bien que le meurtrier. Et il savait quel nom allait prononcer le Commissaire principal. En prévision de cet instant, dès qu'il l'avait vu installer son dispositif, il était allé chercher dans la malle à accessoires un revolver qui servait très rarement, et ne tirait que des balles à blanc. Mais c'était une arme véritable, bien graissée, un vrai bulldozer de western. Et il l'avait chargé de vraies balles. Il en gardait une boîte dans la malle. On ne sait jamais...

Gobelin fit un pas en avant vers le groupe. Georges posa la main sur l'arme engagée dans sa ceinture.

— André Bienvenu, dit le Commissaire principal, je vous arrête pour l'assassinat de Victor Faucon !

De tous les coins d'ombre et de pénombre, où s'étaient dissimulés les curieux refoulés, et des bouches mêmes des agents, un « oh ! » de stupéfaction s'éleva.

Diane s'écarta un peu du metteur en scène, pour mieux le regarder, et demanda, avec une surprise pleine d'intérêt :

— C'est *toi*, qui l'as fait ?

Bienvenu n'avait pas l'air étonné, mais amusé.

— La police est vraiment tordue! dit-il. Vous savez bien que je n'étais pas sur le plateau pendant la scène du meurtre! Antoine s'en va *avant* que les conjurés passent à l'action, et revient un bon moment *après*!...

— C'est exact, dit Mary. Vous n'étiez pas parmi les conjurés, mais vous étiez là pour tuer Faucon!...

— Tout cela est saugrenu, dit Bienvenu. Nous en discuterons si ça vous amuse, mais j'aimerais bien me changer et m'asseoir. Après toute cette folie, je suis exténué. Je croyais avoir tout vu, mais voilà que ça continue, en pire!...

— Vous n'avez pas tout vu, dit doucement Mary. Mais je sais que vous avez vu l'abominable...

Il tenait derrière son dos quelque chose, qu'il porta devant lui, dans la lumière éclatante du petit projecteur.

— Vous avez déjà vu cette photographie... Pouvez-vous nous jurer, sur *elle*, que vous n'êtes pour rien dans la mort de Faucon?

Le public, qui était en train de sortir lentement, entendit un cri d'agonie, un appel effrayant hurlé avec tout le désespoir du monde.

— SOPHIE!...

C'était un cri de mort et d'horreur, et en même temps un cri d'amour infini. La foule en fut pétrifiée. Son mouvement collectif et tous ses mouvements particuliers s'arrêtèrent. Et puis il y eut deux coups de feu. Le Cissi, qui était en train de vendre, au-dehors, des sandwiches aux merguez aux spectateurs qui sortaient affamés, éclata de rire :

— Je l'avais bien dit, que c'était pas terminé !...

Et il se mit à courir vers l'entrée la plus proche, sa caisse à sandwiches rebondissant sur son ventre, son chien jaune gambadant derrière lui. Tous les spectateurs déjà sortis repartaient en sens inverse et rentraient dans les Arènes.

Frappé au cœur comme par le poignard qui avait traversé Faucon, Bienvenu avait crié le nom de sa fille livrée à la drogue et aux rats. Et il avait continué de crier :

— Oui, c'est moi ! Je l'ai tué ! Je l'ai tué cent fois ! Je l'ai tué mille fois ! Je ne l'ai pas assez tué ! Ordure ! Salaud ! Ignoble fumier !

Défiguré par la rage et la douleur, le visage ruisselant de larmes, il prit la photographie et, d'une main tremblante la pressa contre sa bouche gluante de fards et de pleurs.

Biborne s'approcha, tendit les menottes. Il reçut un grand coup dans le dos et fut projeté sur le côté. Georges surgit près de Bienvenu, lui tendant le revolver.

— Tiens, André ! Tiens !...

En un instant, Bienvenu redevint l'homme d'action. Il saisit l'arme et tira deux fois, par-dessus les têtes. C'était des balles énormes, des fruits de cuivre gros comme des dattes. Les détonations, sous la voûte du passage, résonnèrent autant que des coups de canon. Les projectiles ricochèrent sur la pierre et miaulèrent en zig-zag. Les témoins et les agents se jetèrent à terre ou à genoux, recroquevillés. Bienvenu repartait en courant vers la scène, brandissant le revolver et la photo, et continuant de crier pour se faire place libre. Bonnet avait sorti son revolver et le visait, les deux bras tendus.

— NON ! cria Mary. Ne tire pas !... Il ne peut pas s'échapper !...

Le chef électro, comme tous les techniciens de l'équipe, aimait Bienvenu. Il appuya sur le disjoncteur central, coupant toutes les lumières. La douce obscurité de la nuit tomba sur les Arènes. Biborne avait eu le temps de passer les menottes à Georges, faute de mieux. Un autre électro, ne comprenant pas le geste de son chef, rétablit les lumières.

Bienvenu avait disparu.

On ne mit pas longtemps à le trouver. Il ne cherchait pas à fuir. Il ne se cachait pas, au contraire. On l'entendit, d'abord. Il criait :
— Venterol ! Venterol !...

C'était le nom de l'ingénieur du son. Celui-ci était aux aguets, comme tout le monde. Il leva la tête pour répondre en direction de la voix :
— Oui ! Je t'écoute ! .. Qu'est-ce que tu veux ?
— Branche les haut-parleurs ! Tous ! Il faut qu'on m'entende dedans et dehors, que je gueule jusque dans les rues ! Mets toute la sauce ! Il faut que tout le monde sache qui était ce fumier !

Venterol courut vers son tableau de commande. Le chef électro devina où était Bienvenu. Il lui balança un projecteur et éteignit tout le reste. Et la foule, soudain plongée dans le noir, découvrit un grand Romain suspendu au milieu de la nuit, éclatant de lumière dans sa cuirasse blanche.

Il y eut une grande rumeur et des exclamations sur les gradins aveuglés. A tâtons, ceux et celles qui le purent s'assirent. La représentation conti nuait. Et de quelle façon extraordinaire ! Est-ce que c'était prévu ? Qu'allait-il se passer ? Et comment tenait-il en l'air ?

On comprit vite qu'il était debout sur la petite plate-forme cernée par la couronne de laurier au sommet de la statue de Pompée, dont la haute masse pâle se devinait vaguement dans l'obscurité.

Quelqu'un cria :

— Il a un revolver !

Comme pour lui donner raison, Bienvenu leva le bras et tira vers les étoiles. L'explosion jaillit de tous les haut-parleurs, et une explosion de cris de frayeur lui succéda.

— N'ayez pas peur !... dit la voix énorme de Bienvenu.

Il n'avait plus besoin de crier, son micro-émetteur fonctionnait parfaitement, et Venterol avait poussé la diffusion aux maximum de la puissance. Bienvenu s'efforçait de parler calmement, mais la colère lui faisait parfois cracher un mot qui saturait les diffuseurs, faisait grincer les Arènes et cliqueter les tuiles des maisons autour de la place.

— Je vous demande seulement de m'écouter !... Vous me reconnaissez !... Vous venez de me voir pendant trois heures : je suis Antoine !... Mais sous la peau d'Antoine il y a un homme : André Bienvenu, et *c'est lui qui a tué le salaud qui se trouvait sous la peau de César !* C'est moi, André Bienvenu, qui ai tué Victor Faucon !

Cet aveu clamé par ce fantôme blanc suspendu au milieu des étoiles frappa la foule de stupeur. Bienvenu continuait :

— Peu importe comment j'ai fait. Vos journaux

vous l'apprendront. Ce que je veux vous dire, ce que je veux que vous sachiez, c'est qui était véritablement celui que vous adoriez !

Lisa Owen gémit :

— Quel sale cabot, Venterol fais-le taire ! Coupe les haut-parleurs !

— Non dit Gobelin... Ne coupez rien, mais donnez-moi un micro...

— C'était un grand acteur, un acteur génial, le plus grand de tous ! disait Bienvenu. Comme il n'y en a plus eu depuis Chaplin et Greta Garbo ! mais son cœur était de pierre et son âme était celle d'un porc !...

La foule accueillit très mal ces insultes à la mémoire de son idole morte, et répondit à la voix qui descendait vers elle comme celle du tonnerre :

— Salaud ! C'est toi le porc ! Assassin ! Et la police, qu'est-ce qu'elle fout ?

Des centaines, puis des milliers de petites voix, surtout les voix pointues des femmes, composèrent dans la nuit une grande houle de protestation qui monta à l'assaut du fantôme blanc.

— Ecoutez-moi ! Ecoutez-moi ! Vous ne le connaissiez pas ! Vous ne saviez rien de lui ! Je vais vous dire *qui* il était vraiment !

Une autre voix de géant se superposa à la sienne.

— Bienvenu, à toi d'écouter !...

Surpris, il se tut. La voix continua .

— Je suis le Commissaire Gobelin... Jette ton arme et descends de ton perchoir ! Ce que tu as à dire, tu le diras au juge... Il est là en bas, il t'attend... Jette ton arme et descends! Ne nous oblige pas à aller te chercher!...

— Si vous venez me chercher, j'ai encore trois balles!... Si vous me laissez parler, je descendrai sans histoire. Que veut le juge, la vérité? eh bien laissez-moi la dire!...

Après un court silence, Gobelin répondit :

— Je te laisse cinq minutes! Pas une de plus...

— Hou! Hou! cria la foule. Descendez-le ce salaud! Flinguez-le! Où sont les flics? Ils ont les jetons? Nous on va le descendre! Jules va chercher ton fusil!...

Les agents veillaient au pied des échelons derrière la statue. Les commissaires se tenaient devant elle, au ras des chaises d'orchestre, avec assez de recul pour bien voir l'homme perché.

Mary, devant l'hostilité de la foule, réfléchit puis s'esquiva vers les coulisses.

Un extraordinaire dialogue s'établit entre Bienvenu et le public, *son* public, qui pour la première fois lui était hostile, mais qu'il dominait par la puissance des haut-parleurs. Et il parvint à raconter par morceaux entrecoupés de hurlements, de cris d'hystérie et d'insultes, quelques-uns des « exploits » de Faucon, et en particulier ce qu'avait été réellement la fameuse « croisière d'amour » dont la presse du cœur avait fait une sorte de romantique embarquement pour Cythère.

Sa voix débordait dans la ville, ricochait en échos grondants et incompréhensibles dans tout le quartier des Arènes et au-delà. Les cinq minutes accordées par Gobelin étaient depuis longtemps passées. Le Commissaire principal laissait faire et laissait dire, pris par l'ambiance fabuleuse de cette nuit dramatique, *sa dernière nuit* : demain, non aujourd'hui déjà, c'était dimanche, et lundi la retraite... Alors parle, parle, pauvre ballot, de toute façon ça finira mal pour toi... A ses côtés se tenaient le Maire, le substitut, et le juge d'instruction, qui avaient voulu assister à la dernière représentation et avaient rejoint le groupe policier. Le Préfet était déjà couché. Quand il fut mis au courant, il se rhabilla rapidement et voulut venir aux Arènes. Mais il ne put approcher.

Tous ceux qui ne dormaient pas encore dans Nîmes avaient su rapidement qu'il se passait quelque chose, que l'assassin de Faucon, démasqué, avait transformé les Arènes en Fort Chabrol, qu'il avait déjà tué trois policiers et que la fusillade avait fait de nombreuses victimes parmi les spectateurs. Des ruisseaux de sang, une hécatombe. En voiture ou à pied ils accoururent, ils vinrent voir et ils ne virent rien mais ils entendirent, serrés autour du grand vaisseau de pierre en une sorte de mousse humaine compacte, immobile et mouvante, grise avec des taches de couleur sous l'éclairage des lampadaires, couvrant la place, débordant dans les rues, ne comprenant rien, saisissant des morceaux de phrases grondantes et des gerbes de cris pointus. Et puis il y eut, de plus en plus nombreux et longs, des trous de silence...

La foule des gradins changeait lentement d'opinion. Les détails donnés par Bienvenu la brutalisaient mais ils ne pouvaient pas être inventés. Et la colère de l'acteur, à mesure qu'il approchait de l'histoire de Sophie, dont il n'avait encore rien dit, cédait la place à la douleur. Il ne pouvait plus finir ses phrases, il hoquetait, il se taisait, et la foule se figeait dans le silence.

Il dit :

— Maintenant il faut que vous sachiez pourquoi je l'ai tué, *moi!* Voilà... Je... Excusez-moi, je...

Et il se mit à crier :

— Ma fille était sur ce bateau maudit avec les autres pauvres paumés... Ma petite fille! Ma Sophie!...

Et sa voix redevint un murmure, que les haut-parleurs portaient jusqu'aux toits de la ville...

— Elle avait dix-huit ans... Elle était belle... Elle était gaie... elle aimait rire et vivre... Elle était douce, innocente... Et elle était folle d'amour pour ce démon qu'elle prenait pour un ange... Il l'a pourrie... Elle est morte...

Il hurla :

— Je voudrais qu'il soit encore vivant pour le tuer encore! Il n'a pas eu ce qu'il méritait!

Il se mit à sangloter, debout dans la lumière, ridicule et tragique. La voix de Mary succéda à la sienne :

— Ici le commissaire Mary. Je verse une pièce au dossier... Voici Sophie telle que la police parisienne l'a découverte, il y a un an...

Mary avait trouvé ce qu'il cherchait : le chef électro et l'appareil qui lui avait servi à projeter l'image du spectre de César. Mais c'était un projecteur pour film, ça ne pouvait pas marcher pour une diapositive fixe.

— Je pourrais la bloquer dans le couloir, dit le chef électro. Mais ça ne durera pas, elle va fondre...

— Ça ne fait rien... Prépare-toi, on va le faire...

Et la foule bouleversée vit d'abord une sorte de brouillard lumineux se former au-dessous de Bienvenu, puis, après la mise au point, elle vit la pauvre morte, couchée sur toute la hauteur de la statue de Pompée, avec son vieux blue-jean, son buste blême squelettique, ses plaies brunâtres, une goutte rouge au pouce de la main droite : la perle de verre d'une bague fantaisie, et ses dents si blanches entre ses lèvres décolorées.

Une tache noire naquit et bouillonna au milieu de son ventre, grandit en un instant et dévora toute l'image. La diapo brûlait. La projection s'éteignit.

Un silence d'abîme régnait dans les Arènes. La foule extérieure sentit ce silence et cessa de remuer. La voix de Bienvenu renaquit, faible, basse, elle ne s'adressait plus au public, aux policiers, aux juges, au monde. Il parlait à sa fille. Il n'avait pas pu voir la projection, mais il savait ce qu'elle avait montré. Il était tombé à genoux, ses jambes ne le portaient plus. Les yeux fermés dans la lumière il parlait à Sophie, il lui demandait pardon, il n'avait pas su veiller sur elle, l'empêcher de se jeter entre les mains de ce monstre.

— Je l'ai tué, ma chérie... Je l'ai tué dans la gloire, à cause de ton amour pour lui... Toi tu es morte dans le désespoir et dans l'horreur, mais tu es avec les anges, maintenant, dans la paix et dans la joie... Sois heureuse, ma chérie, pour toujours...

Il se releva brusquement, brandissant son arme, et cria :

— Mais toi, maudit, ne crois pas que tu en aies fini avec moi ! Je te tourmenterai jusqu'au fond de l'enfer, pendant l'éternité !

Il fit un bond prodigieux et parut s'envoler dans la lumière. Au sommet de sa courte trajectoire on le vit mettre le canon du revolver dans sa bouche. Quand il tira il était déjà sorti du faisceau du projecteur. La détonation fut le dernier bruit qui sortit des haut-parleurs. On n'entendit pas le choc de son arrivée au sol : Venterol avait coupé le son.

Le chef électro éteignit le spot et rétablit l'éclairage général. Dans la faible lumière, trente mille hommes et femmes, assis ou debout, traumatisés, n'osaient plus parler ni bouger. C'était fini, tout était fini, et personne n'était capable de faire le premier mouvement pour s'en aller, ni de prononcer un mot.

Et tout à coup quelque chose d'extraordinaire se produisit, quelqu'un, une femme, ou un homme peut-être, on ne voyait pas, quelqu'un là-bas, au bout d'un gradin, sur la gauche, en bas, quelqu'un applaudit...

Ce bruit dans le silence énorme, parut d'abord incongru, sacrilège, mais à mesure qu'il se prolongeait on se rendit compte que ce n'était pas l'applaudissement énervé qui salue un succès ou une performance, mais une manifestation discrète, à peine audible, de compréhension et d'acquiescement. Et quelqu'un d'autre lui répondit, puis quelqu'un d'autre, puis d'autres, et bientôt toute la foule applaudit, du haut en bas des gradins, doucement, avec respect, avec amitié, composant un bruit chaud, un bruit de velours, comme un grand murmure de la nuit d'été, plein de compréhension, de pitié et de pardon...

Dans la portion de galerie transformée en une loge commune, les acteurs se démaquillaient sans mot dire, encore accablés par ce qu'ils venaient de voir et entendre.

Ce fut Lisa Owen qui rompit le silence.

— Merde, quelle sortie il a réussie ! C'est la plus belle de sa carrière ! Je m'étonne qu'il soit pas revenu saluer !...

— Salope ! dit doucement Diane.

— Et qu'est-ce qu'on va faire maintenant ? dit Pierre Carron-Cassius ; on devait continuer *Jules César* à Nice, avec Duboulet pour remplacer Faucon. Qu'est-ce que ça va devenir sans Bienvenu ? Tu crois que ça tiendra ?

— Sûrement, dit Saint-Malo. Duboulet peut reprendre la mise en scène. Mais il faudra trouver un Antoine... Peut-être Falendon, s'il est libre.

— Je crois qu'il l'est, dit Tor-Du. Il a dû finir à Vaison aujourd'hui.

— C'est plus du Shakespeare, qu'on fait, dit Saint-Malo, c'est du patchwork...

— Ça serait dommage de laisser tomber, dit Carron. Ça devrait marcher du tonnerre avec ce qui s'est passé ici C'est une sacrée pub. Et puis il y a pas tellement de boulot...

Ils grimaçaient devant les miroirs, s'enduisaient de démaquillant luisant, se frottaient avec de gros cotons maculés. Saint-Malo soupira.

— Encore un metteur en scène de moins... Ils sont déjà pas si nombreux... Je veux dire les vrais... Les cinglés, ça manque pas...

L'émotion était passée. Comme après la fin d'une première. Ils venaient de jouer une pièce inédite, mélange de classique et de moderne, une tragédie nouvelle. Ça avait marché. C'était fini pour ce soir. On se démaquillait avec les gestes habituels du métier...

Quelques mètres plus loin, entre les cloisons de planches qui avaient délimité le « bureau » du metteur en scène, Gobelin et Mary se livraient à un vague examen des lieux et des objets; on ferait mieux demain, plus sérieux.

Demain, pensait Gobelin... Demain lundi... Il devenait de plus en plus mélancolique. Georges était assis sur une chaise, le visage triste et résigné ses mains entravées reposant sur ses genoux, Biborne debout à côté de lui.

— C'était pour ça que tu lui as donné un feu ? demanda Biborne.

Georges haussa les épaules.

— Qu'est-ce que je pouvais faire de mieux ?

— Ça risque de te coûter cher...

— Je m'en fous !...

Le Substitut avait accompagné les commissaires et les regardait faire, l'air soucieux. Il n'aurait pas dû être là, mais il ne se décidait pas à s'en aller. S'adressant à Gobelin, il exprima enfin ce qui le tracassait :

— Vraiment je ne parviens pas à y croire !... J'ai vu la pièce deux fois et ce soir j'ai regardé la scène du meurtre avec une attention soutenue, et je n'ai pu que constater l'impossibilité absolue pour Bienvenu de tuer Faucon ! Il n'était pas là et il n'a tout de même pas pu le poignarder à distance ! Je me demande si cet aveu, que vous avez provoqué, et ce suicide spectaculaire, ne constituent pas un acte fou causé par son désespoir quand la photographie lui rappela brutalement le martyre de sa fille ! *Etes-vous bien certain, Commissaire, que ce soit lui le meurtrier ?*

## DIMANCHE MATIN

### *Les bonbons...*

— Pour bien comprendre, dit Mary, il faut mettre au premier plan une donnée essentielle : l'auteur du meurtre est un metteur en scène. *C'est un meurtre mis en scène !* Bienvenu a « monté » ensemble la mort de César et la mort de Faucon, celle-ci dépendant de celle-là, les deux étroitement liées et minutées, chaque geste se produisant à sa place exacte prévue dans le temps et dans cet espace sacré : la scène.

Mary se rendit compte qu'il était en train de pontifier et se moqua intérieurement de lui-même : pour qui te prends-tu ? Pour un prof ?

Il ne lui manquait qu'un morceau de craie dans la main. Le tableau noir — maintenant on les fait verts — était remplacé par le poste de télé près duquel il se tenait debout. Son auditoire l'écoutait avec une grande attention. Il y avait là, dans le bureau pas très spacieux, le Substitut et le juge, le maire et deux de ses adjoints, le secrétaire général de la Préfecture, et tous les commissaires et inspecteurs présents au commissariat en ce dimanche matin. Faute de sièges, presque tous écoutaient debout. Ce ne serait pas long. Les agents maintenaient la meute des journalistes en bas des escaliers.

— Deux passions se partageaient sa vie, reprit Mary, sa fille et le théâtre, sans doute celle du théâtre étant la plus forte. C'est à lui, en tout cas, qu'il consacrait tout son temps. Il avait connu Christine Touret quand ils étaient tous les deux étudiants, en dernière année, elle aux Beaux-Arts, lui au Conservatoire. Il a eu un premier prix de tragédie, elle rien du tout, mais elle s'en fichait. Ils n'étaient pas très beaux ni l'un ni l'autre, c'est peut-être ce qui les a rapprochés, lui comme un échalas elle du genre ortie. Ils sont sortis ensemble, ils s'entendaient bien, ils ont couché ensemble, ça ne marchait pas mal, et puis est arrivé ce à quoi on ne pense jamais quand on est jeune et qui est pourtant si normal : elle s'est trouvée enceinte. Il n'y avait pas la pilule, à cette époque...

— C'est lui qui vous a raconté tout ça ? demanda le juge.

— Non, elle. Je l'ai vue hier à Paris... Elle n'a voulu ni avorter ni se marier. Avec son caractère indépendant, elle se trouvait satisfaite d'avoir son propre enfant, bien à elle, sans s'encombrer d'un homme pour qui elle n'éprouvait pas des sentiments particulièrement chaleureux.

— Lui, ça a dû bien l'arranger, dit le Substitut.

— Absolument... Il gardait toute sa liberté. Il n'a même pas été là au moment de l'accouchement. Déjà parti en tournée... Il s'est conduit convenablement : quand il avait de l'argent, il en envoyait. Et de temps en temps, une ou deux fois par an, il venait voir sa fille, que la mère n'avait même pas voulu qu'il reconnaisse. Il s'étonnait de voir son changement d'une visite à l'autre : le bébé devenait petite fille, puis fillette. Et la gamine admirait et adorait ce père insaisissable, fugitif, mystérieux, qui apparaissait soudain les bras pleins de cadeaux et disparaissait aussitôt en promettant de revenir bientôt. Quand il revenait, elle avait encore grandi. A quatorze ou quinze ans il continuait de lui apporter des poupées qu'elle gardait avec amour. Sa mère me les a montrées. La fillette, puis la jeune fille, les avait accrochées aux murs de sa chambre, avec des rubans et des fleurs en papier. Toute une collection, au milieu de laquelle elle vivait...

« Et elle a voulu faire le même métier que son père admiré. Sa mère ne s'y est pas opposée. Elle a été reçue au conservatoire, mais elle a surtout suivi les cours donnés par Bienvenu au Théâtre de l'Atelier. Ils se sont vus bien plus souvent. Il était fier d'elle, elle avait du talent et, il paraît que ça arrive souvent, fille de père et de mère plutôt laids, elle était très belle. Pour lui faire gagner un peu d'argent, il lui a trouvé, grâce à ses relations, des petits engagements dans des films publicitaires. Elle commençait une belle carrière de modèle quand tout est arrivé. Vous vous souvenez peut-être de cette publicité pour des chaussures de sport, avec une adolescente souriante, buste nu ? Il y a eu des affiches sur tous les murs de France...

— Ah c'était elle ? dit le juge. Effectivement, elle était belle...

— C'est ce qu'a pensé aussi Faucon, qui était en train de préparer sa fameuse croisière. Il l'a convoquée, elle a vu de près la grande idole, le séducteur. Je pense qu'il n'a même pas eu besoin de lui faire du charme : elle est tombée aussitôt amoureuse de lui, totalement. Et il lui a donné rendez-vous au Pirée, soi-disant pour la préparation de ce fameux film... On peut imaginer l'exaltation de cette gamine : en croisière avec Faucon ! un film avec Faucon ! Dieu n'était pas son cousin !...

« Quand elle a mis son père au courant, ça n'a pas été la même chanson !... Mais il n'a pas pu l'empêcher de partir. Qui pourrait empêcher une fille de se jeter dans les bras du diable, si elle en a envie ?

« Bienvenu ne l'a plus jamais revue ..

« Après sa croisière, salie, brisée, droguée, perdue, elle est revenue voir sa mère, lui a tout raconté en sanglotant. Sa mère l'a décidée à faire une cure de désintoxication. Mais elle n'y est pas restée, elle est repartie vers la drogue, elle ne pouvait pas oublier Faucon, ni se passer de morphine. Sa mère a perdu sa trace, l'a fait rechercher par la police, sans succès. Cela a seulement permis, plus tard, d'identifier la jeune morte du taudis de Chalon...

« Sa mère a fait incinérer ce qui restait du pauvre corps après l'autopsie. Elle garde les cendres chez elle, dans une urne, au milieu des poupées. Bienvenu était au Canada. Quand il est revenu, il n'a pu voir que la photo... La mère l'avait déjà mis au courant de ce qui était advenu avec Faucon, et après lui...

— Si on passait au déluge ? grogna Gobelin. Il était question d'un meurtre...

— Oui... Nous y sommes... Le trait de génie de la mise en scène de la mort de Faucon fut la lettre... Bienvenu en fit deux exemplaires, forcément différents puisque composés avec ce qu'il pouvait découper dans des journaux, mais disant exactement la même chose : *Ce soir les conjurés tueront vraiment César.* Il nous en envoya un, s'envoya l'autre à lui-même. Ce dernier le plaçait à l'écart de ce qui allait arriver, et les deux concouraient à attirer l'attention de la police sur la scène du meurtre de César, *et uniquement sur elle* Un meurtre allait être commis *pendant le meurtre de César.* Cela formait un tout, logique. Trop. Cela sentait la plaisanterie de cinglé. Incrédule, je vins quand même. Bienvenu m'avait réservé une chaise au premier rang. A la jumelle, je surveillais les gestes des conspirateurs. C'était difficile. De fausses épées, de faux gestes, du faux sang qui giclait, tout le monde qui tourbillonnait... Quelqu'un avait-il vraiment frappé ? Et si oui, qui ? Impossible de le savoir. Bienvenu avait organisé l'agitation des acteurs de la scène exactement dans ce but. Lui était hors du coup, loin de là, dans la coulisse...

« Et quand il revint et se pencha vers le corps de César, il se releva horrifié et me fit comprendre par sa mimique, et par des mots qu'il ajouta au texte de Shakespeare que " c'était arrivé " : Faucon était mort !...

« Je l'ai cru, parce que j'y étais préparé par la lettre !...

« C'était faux !

« *A ce moment-là Faucon était bien vivant !* Et il commençait à trouver le temps long à faire le mort, immobile, respirant sous sa toge qui lui couvrait le visage et qui l'empêcha de voir arriver le poignard... C'est maintenant qu'il va mourir... Regardez...

Sur l'écran, on vit Antoine de dos, ôter sa toge, s'agenouiller, et en couvrir le corps de César. La toge déployée et le dos d'Antoine cachaient César.

— C'est fait, dit Mary. Faucon est mort...

L'image repassa, au ralenti.

— Voilà... Maintenant ! dit Mary.

L'image s'arrêta, resta fixe. On put voir que le bras droit d'Antoine était engagé *sous la toge*.

L'image repartit. Le bras se dégageait...

— C'est Bienvenu qui avait décidé de l'emplacement des caméras. Elles ne pouvaient le voir que de dos. Il était protégé à gauche et à droite des regards des spectateurs par les deux volées d'escaliers. Et tous les acteurs et les figurants étaient engagés à ce moment-là dans un mouvement général de sortie de scène qui les empêchait de regarder ce qu'il faisait. Il était au fond de la scène, ils se dirigeaient tous vers l'avant et les côtés. Rapidement. Pas le temps de regarder en arrière ! C'était de la belle mise en scène ! Et beaucoup de spectateurs, au lieu de le regarder lui, presque immobile, avaient leur regard attiré par ceux qui étaient en mouvement. C'est un réflexe automatique...

— C'était bien risqué, dit le Substitut. Admettons que la moitié du public ait regardé les autres acteurs, cela faisait quand même encore dix mille témoins qui le regardaient lui !

— Oui ! Qui le regardaient, mais sans lui prêter une attention aiguë : le moment dramatique où

240

l'on voudrait avoir trois yeux pour mieux voir était passé, César avait eu son compte, il n'était plus qu'un objet qu'on déménage. Et moi je n'avais pas de raison de surveiller Bienvenu, car pour moi Faucon était mort !

« Il avait une chance sur deux de réussir son coup. Il avait certainement envisagé l'éventualité de le rater, de voir Faucon se débattre et se dégager. Je pense qu'alors il l'aurait achevé sans plus rien dissimuler, puis aurait tourné son arme contre lui...

« Mais il a réussi ! Sans doute parce qu'il avait répété ses gestes à loisir : Faucon avait refusé de « faire le mort » pendant les répétitions. Aussitôt la scène du meurtre de César terminée, il s'en allait et le mannequin prenait sa place. Bienvenu a répété son meurtre vingt ou trente fois sans le poignard et cinq ou six fois avec . le mannequin en porte les traces !...

« Et l'hémoglobine, répandue par toutes les armes, ce faux sang vulgaire que jamais un metteur en scène comme Bienvenu n'aurait utilisé, il l'a ajouté à son dispositif pour que le *vrai* sang passe inaperçu dans cette débauche de rouge et que *je puisse croire que Faucon avait saigné avant*, pendant le meurtre de César..

« Il avait prévu aussi que Faucon pourrait pousser un cri. Alors la bande sonore à ce moment-là gueulait...

« Image !...

« Regardez-le : il se relève avec César-Faucon dans les bras. C'est lourd... Il chancelle un peu, se redresse, et s'en va. Rapidement il disparaît derrière la statue de Pompée. Le poignard est encore planté dans le corps de Faucon. Dans l'obscurité, qu'il a prévue, il le retire, et bascule Faucon sur son épaule. Quand va-t-il cacher l'arme dans l'échelon? Nous ne le saurons sans doute jamais. Seuls, lui et Brutus le savaient. Brutus l'a vu cacher rapidement quelque chose, il est venu voir ce que c'était, a trouvé le poignard ensanglanté et a tout compris et cela a redoublé son désespoir, car il aimait Bienvenu comme un père et comme un maître. Quand le public l'a si terriblement accusé d'être l'assassin, la crainte de ne pouvoir se disculper qu'en accusant son maître, la douleur de la mort de Faucon, l'émotion, peut-être aussi la tempête, qui sait, l'ont poussé au suicide...

— C'est probable dit le Substitut... Mais je me demande pourquoi Bienvenu, quand il apprit la mort de sa fille, n'a pas tout simplement tué Faucon, sans se cacher!...

— Il a réagi en homme de théâtre! Il avait déjà signé avec la municipalité pour monter Jules César aux Arènes l'été suivant. Le meurtre de César! C'était les dieux qui lui envoyaient l'occasion! Il lui restait à décider Faucon à accepter le rôle. Faucon a dit « oui ». Bienvenu a pu, dès cet instant, commencer à penser à sa double mise en scène. Et il n'a pas hésité, pour cela, à modifier la pièce : dans Shakespeare, Antoine emporte le corps de César avec l'aide d'un serviteur. Bienvenu a supprimé le serviteur...

Le Substitut félicita Mary et s'en fut, accompagné par le Juge. La pièce se vidait.

— Vous ne voulez pas recevoir les journalistes?

dit Mary à Gobelin. Faire votre dernière conférence de presse ? Moi je suis pompé...

— Je veux bien faire encore ça pour vous, dit Gobelin.

Il sortit. Il était ravi. Mary se laissa tomber sur une chaise. Il tira une cigarette de sa poche, l'alluma. Il n'avait plus fumé depuis une éternité... Il aspira la fumée, essayant d'y noyer l'image de la jeune morte et celle de son père sautant dans la lumière, vers la mort. Ce n'était pas facile. Il écrasa la cigarette dans un cendrier, soupira et se leva... Dimanche... Il n'était pas de service... Il allait emmener sa Reine et son gamin à la campagne. Un pique-nique au bord du Gard... Saucisson, gros rouge ! Le cul dans l'herbe et les pieds dans l'eau. Il sourit, réconforté.

Un agent entra et lui dit :

— Commissaire, il y a là quelqu'un qui vous demande.

— Quoi ! Vous avez laissé monter un journaliste ?

— Ce n'est pas un journaliste ! dit l'agent d'un air futé.

C'était le Gros. Il attendait dans le couloir, assis sur la chaise gémissante.

— Seigneur, c'est toi ! dit Mary. Pourquoi es-tu là ? Tu t'es sauvé ?

— Non ! C'est le jour de sortie aujourd'hui, pour moi là-bas comme pour toi au collège !...

Un radieux sourire illumina son visage rose et ses yeux de lin, que n'assombrissait plus la terreur mais qui avaient gardé leur rêve.

— C'est dimanche, dit-il avec le doux accent de Jacques Brel : je t'ai apporté des bonbons...

# DU MÊME AUTEUR

# PARUTIONS FOLIO POLICIER

*Impression Bussière Camedan Imprimeries*
*à Saint-Amand (Cher),*
*le 2 juillet 1999.*
*Dépôt légal : juillet 1999.*
*1ᵉʳ dépôt légal dans la collection : mars 1999.*
*Numéro d'imprimeur : 992924/1.*

ISBN 2-07-040809-4./Imprimé en France.
Précédemment publié par Mercure de France.
ISBN 2-7152-1349-2.